Die Schwarze Rose von Oldenburg

Lisa Schultze-Marg

Ein historischer
biografischer Roman

Kellner
VERLAG

Dieses Buch ist bei der Deutschen Nationalbibliothek registriert. Die bibliografischen Daten können online angesehen werden:
http://dnb.d-nb.de

Um die historische Wirklichkeit nahezubringen, werden in den wörtlichen Reden Begriffe aus der Kolonialzeit verwendet, von deren Gebrauch in der heutigen Zeit die Autorin und der Verlag sich selbstverständlich distanzieren.

IMPRESSUM

© **2022 Klaus Kellner Verlag, Bremen**
Inhaber: Manuel Dotzauer e. K.

St.-Pauli-Deich 3 • 28199 Bremen
Tel. 0421 - 77866
info@kellnerverlag.de • www.kellnerverlag.de

Lektorat: Annalena Albers
Satz: KellnerVerlag
Umschlag: Jennifer Chowanietz

ISBN 978-3-95651-343-5

»Let the globe, if nothing else, say this is true:
That even as we grieved, we grew,
That even as we hurt, we hoped,
That even as we tired, we tried.
That we'll forever be tied together, victorious«

»Lasst die Welt wenigstens dies bezeugen:
Bei allem Gram, wir sind gewachsen.
Bei aller Not, wir haben gehofft.
Bei aller Ermüdung, wir haben uns bemüht.
Wir bleiben verbunden,
werden überwinden.«

Amanda Gorman
»The hill we climb«

DIESE GESCHICHTE IST WAHR;

es gab Bernhard Hemken (1793–1846), der von Bockhorn nach New Orleans auswanderte, es gab Mary B. und die gemeinsame Tochter Catharina, die »Schwarze Rose von Oldenburg« (1827–1871). Sie war tatsächlich die Mutter meines Großvaters Karl Friedrich August Schultze (1848–1920), der 1880 die »Oldenburg-Portugiesische-Dampfschiffreederei« gründete, die heute der französischen Reederei CMA CGM gehört.

Ich kannte meine Großeltern väterlicherseits nicht, mein Vater (1916–1997) erzählte aus vielfältigen Gründen kaum etwas aus seiner Vergangenheit. Auf meine Frage, warum wir (vor allem mein Vater) so dunkle Haut haben, kam die Antwort, es hätte Indianer in unserer Familie gegeben. Als Winnetou-Fan der ersten Stunde war ich begeistert und fragte nicht weiter nach. Nach seinem Tod und mit der Geburt meiner Enkelkinder begann ich dann (unterstützt von meinem Cousin aus Schweden) mit einer aufwendigen Recherche meiner Geschichte. Ich wollte meine Nachkommen nicht in Unwissenheit lassen und legte meine »Forschungsergebnisse« in einem Buch nur für die Familie dar.

DIESE GESCHICHTE IST NICHT WAHR;

denn ich hatte Fakten gesammelt, fand aber kaum persönliche Aufzeichnungen.

Was ging in den Köpfen der Menschen vor, welche anderen Menschen und Rahmenbedingungen beeinflussten ihre Entscheidungen?

Was fühlten die Beteiligten?

Wie könnte es gewesen sein?

Und so füllte ich die Lücken mit meiner Fantasie und es entstand dieser

ROMAN!

TEIL 1

BERNHARD

I

Unsere Geschichte beginnt 1818 in Bockhorn, einem kleinen, aber nicht unbedeutenden Ort in der Nähe von Oldenburg.

Die Kaufmannsfamilie Hemken lebt noch in ihrem prachtvollen Klinkerbau gegenüber der Kirche aus dem 12. Jahrhundert, aber der Wohlstand beginnt zu bröckeln. Die Lieferung von Baumwolle aus Virginia stagniert, die Weber haben kaum noch Arbeit, und auch die Landwirtschaft hat sich nicht von den katastrophalen Sommern 1815/16 erholt. Der Ausbruch des indonesischen Vulkans Tambora hatte mit seinen Aschewolken auch den Himmel über Europa verdunkelt und zu den »Jahren ohne Sommer« geführt.

Die Franzosen, die seit 1810 zeitweise das Sagen hatten und durch ihre Schikanen und Zölle den Handel erschwerten, machten die Lage nicht leichter.

Melchior Hemken, der seine Berufung eher im Dichten und Schreiben romantischer Lieder sah, ist bereits im Jahr 1806 verstorben. Noch zu seinen Lebzeiten hat sich sein erstgeborener Sohn Enno um die Geschäfte gekümmert. Seine Frau Catharina Bollenhagen heiratete den preußischen Hauptmann Julius Ernst von Kötteriz.

Auch der tut sich als Kaufmann eher schwer und Enno bewältigt in dieser sowieso nicht leichten Zeit die Rechnungen und die Buchführung mehr schlecht als recht.

So kommt ab dem Jahre 1816 immer öfter Kohlsuppe auf den Tisch.

Berend, der Zweitgeborene, ist zwar hochintelligent, lernt in kurzer Zeit Französisch und unterstützt seinen Bruder hin und wieder bei schwierigen Berechnungen, ansonsten ist er aber ein Träumer wie sein Vater.

Er ist, wie viele junge Menschen aus dem Bürgertum, begeistert von den Ideen der Französischen Revolution (1789) und der Unabhängigkeitserklärung der neu entstandenen Vereinigten Staaten von Amerika (1787). Freiheit, Gleichheit, Erfolg durch Leistung und Teilhabe an politischen Entscheidungen sind in seinen Augen erstrebenswerte Ziele.

In den Augen des Hauptmanns ist er ein fauler Esser.

Und so entsteht vier Jahre nach dem Tod des Vaters, der diesen hübschen blonden Jungen

mit der leichten Stupsnase und den Sommer-
sprossen vergöttert hatte, in der verbleibenden
Familie ein Plan. Berend soll zum Militär. Eine
Offizierslaufbahn wäre durch die Beziehungen
Julius Ernst von Kötteritz' und bei Berends In-
telligenz kein Problem. Für die Familie würde sie
Ehre und Ruhm bedeuten, und der unnütze Esser
käme aus dem Haus.

Berend selbst ist von diesem Plan nicht besonders überzeugt. Er beschäftigt sich mit den Re-
formbewegungen, die überall entstehen, er liest
Locke und die amerikanische Verfassung ...

Was soll er beim Militär?

Dennoch unterwirft er sich dem Willen der Familie. Erst kommt er in den Oldenburger Offi-
zierskorps und dient dann ein Jahr in der rus-
sisch-deutschen Legion. Hochintelligent und
neugierig begibt er sich schließlich noch als Se-
condeleutnant in die preußische Armee. Aber an
einem Sommertag im Jahr 1818 hält er das Leben
beim Militär nicht mehr aus.

Er geht zurück nach Bockhorn.

Der Familie geht es wieder etwas besser, doch
der Bruder Enno ist inzwischen heillos überfor-
dert mit der Führung des elterlichen Betriebs. So
wird Berend gerne wieder aufgenommen, um das
Geschäft in Schwung zu bringen.

II

»Verdammt, man sieht ja kaum was!« Mühsam quält sich Erik, Berends bester Freund, die vor hunderten von Jahren künstlich angelegte Wurt hinauf, auf der die alte Kirche von Bockhorn steht. Links vorbei geht es zum Friedhof mit seinen zum Teil gruselig alten Grabsteinen. »Berend, wo bist du?«

»Sei ruhig, du weckst ja ganz Bockhorn auf. Noch ein Stück, die zweite Nische ist es«, kommt ein Flüstern zurück.

Erik tastet sich an der Wand lang, endlich sieht er die Nische und Berend. »Verdammt, hast du denn gar keine Angst? Friedhof, nachts und man sagt, es liegen nicht nur Gute hier!«

Berend ist bei bester Laune, hat er doch vor sich eine Schale Nüsse und neben sich eine Buddel Schnaps stehen. »Wovor soll man denn Angst haben? Tot ist tot und wer gut und schlecht ist, weiß man nie so genau! Es ist ein guter Platz, ich sehe unser Haus, sehe ob mein blöder Bruder mich sucht und die Familie sieht mich nicht! Übrigens – sag nicht mehr Berend zu mir – ich heiße jetzt Bernhard! Eine neue Zeit hat begonnen! Schnaps?«

»Klar, her damit! Wieso Bernhard? Bist du umgetauft worden?«

»Blödsinn, das habe ich entschieden, so wie ich jetzt alles selbst entscheiden werde – ich gehe weg von hier!«

»Jetzt redest du Blödsinn! Wohin? Und deine Familie lässt dich nie gehen, die kommen doch ohne dich gar nicht klar!«

»Wenn du wüsstest, wie mühsam das Leben in dieser Familie ist! Mein Bruder sieht nichts ein, der Hauptmann streitet nur mit mir – er will nicht sehen, was um uns herum passiert! Aber schau mal: Die Welt verändert sich total! Die Franzosen mit ihren neuen Ideen, die Verfassung der USA – Menschen sollen gleich sein! Nicht Geburt, sondern Leistung zählt! Und in Amerika kannst du das alles verwirklichen. Hör dich um, fast jeder kennt doch jemanden, der jemanden kennt, der in Amerika reich geworden ist! Nur durch Leistung! Und ich kann was!«

»Also ich kenn keinen, gib mal den Schnaps.«

»Weil du noch nicht mal über diesen Hügel hinausschauen kannst! Wie mein Bruder! Bei Oldenburg hört die Welt auf, was die oben entscheiden, wird gemacht ... Ich werde jedenfalls nicht auf diesem Friedhof begraben!«

Bernhard, wie Berend sich, zum Unwillen seiner Familie, jetzt konsequent nennt, beginnt, einen Plan zu machen.

Aber er begreift schnell, dass er Geld braucht und zwar nicht zu wenig.

So arbeitet er noch mehr als zwei Jahre im elterlichen Betrieb an der Seite des verhassten und in seinen Augen dummen Bruders Enno. Er legt sich heimlich regelmäßig Geld zurück und versteckt es in einer kleinen Kiste hinter den Schnapsvorräten im riesigen Gewölbekeller des Hemkenhauses.

Und er plant den Weg. Die Bremer wollen zwar an der Küste einen Hafen bauen, aber das könnte noch dauern. Also muss er nach Hamburg. Die großen Segelschiffe, die von Übersee Rohstoffe wie Baumwolle, Tabak, Reis und Tran brachten, hatten auf dem Rückweg Platz. Die Fertigwaren auf der Ost-West-Route benötigten weniger Raum und so konnte man zwischen Oberdeck und Laderaum ein Zwischendeck von ein Meter achtzig Höhe einbauen und Geld mit Auswanderern verdienen. Und die wurden immer mehr!

All das weiß Bernhard durch seine Kontakte als Kaufmann.

III

Und so treffen sich Bernhard und Erik im Sommer 1821 ein letztes Mal in ihrem Versteck am Friedhof. Beide haben viel diskutiert in den letzten Jahren, beide sind 28 Jahre alt und finden, dass jetzt gehandelt werden müsse, wolle man nicht in Bockhorn versauern.

Erik verlässt den Hof seiner Eltern und seine Frau samt Kindern heimlich. Im Abschiedsbrief verspricht er, Frau und Kinder schnellstmöglich nachzuholen. Er schwärmt von einem großen Hof, den er aufbauen wird im gelobten Land Amerika. Hier gäbe es fruchtbaren Grund in Mengen, der keinem gehörte und nur darauf wartete, bewirtschaftet zu werden.

Bernhard hat keine Frau und keine Kinder (so viel er weiß – hatte er doch immer gute Chancen bei den Frauen und diese auch oft genutzt) und er hat auch nicht vor, irgendjemanden nachzuholen. Er will als erfolgreicher Kaufmann im Luxus leben und ein freies Leben unter freien Bürgern genießen!

Bernhard und Erik haben in dieser lauen Sommernacht beide nur eine lederne Tasche mit dem Nötigsten dabei. Sie trinken noch einmal einen Schnaps und schwören, Erfolg zu haben oder zu sterben.

Dann verlassen sie, zunächst zu Fuß, Bockhorn in Richtung Oldenburg.

Vier Tage später sind sie in Hamburg und erschlagen von den Eindrücken des lauten, vollen Hafens.

Abgehärmte Tagelöhner entladen Schiffe, es gibt Prügeleien, weil noch ärmere Menschen auf die Gelegenheit warten, einen Sack verschwinden zu lassen.

Auf ein anderes Schiff drängen Männer und Frauen, viele werden vor der Leiter aussortiert und weggeschickt.

»Wie sollen wir da jemals raufkommen?«, schreit Erik verzweifelt gegen den Lärm an.

»Hat alles seine Ordnung«, beruhigt ihn Bernhard. »Siehst du das Haus da drüben? Da müssen wir rein und Karten kaufen, ohne die geht nichts.«

Eine gute Stunde später sind sie mit der Schlange im Hafengebäude angekommen. »Wohin«, knurrt der schlechtgelaunte Mann hinter dem Schalter. »Na, Amerika!«, rufen beide wie aus einem Munde, was dazu führt, dass der Mann genervt die Augen verdreht. Er zeigt auf eine Karte hinter sich. »Das ist Amerika, es gibt Schiffe, die fahren nach New York, da wollen die meisten hin«, jetzt ist er sogar aufgestanden und zeigt mit seinem Finger auf einen Punkt, »und morgen gibt's ein Schiff, das fährt nach New Orleans«, sein Finger wandert weit über die Karte.

»Oh, ist Amerika groß!«, entfährt es dem völlig überwältigten Erik. Er schiebt sich die schweißnassen langen braunen Haare aus dem Gesicht.

»Was bedeuten die Farben auf der Karte? Zeigen die an, welches Land aus Europa dort das Sagen hat?« Bernhard scheint gelassen und neugierig.

»Na, so ungefähr«, jetzt grinst der Mann sogar.

»Welche Farbe hat Frankreich?«

»Blau.«

»Okay.« Bernhard hat jetzt sein schlaues »Plangesicht«. »Frankreich gibt's ganz oben, da ist es mir zu kalt. Und dann noch mal ganz unten! Wir fahren nach New Orleans!«

»Warum?« Erik ist ratlos.

»Na, weil ich Französisch kann, sehr gut sogar. Und ein bisschen kannst du auch. Jedenfalls besser als Englisch! Zwei Karten für morgen nach New Orleans!«

IV

»Jetzt müssen wir erst einmal einkaufen, wir brauchen eine Decke und Früchte gegen die Fäulniskrankheit. Die Überfahrt wird sehr lange dauern, bestimmt sieben Wochen.«

»Was du alles weißt, Bernhard!«

»Tja, die Zeit beim Militär war nicht nur umsonst. Man hat Dinge gelernt, die man für das Überleben in schwierigen Zeiten brauchen kann. Und ich habe immer gerne gelesen, wo auch immer ich was gefunden habe. Solltest du auch.«

Erik senkt den Blick, mit dem Lesen hat er es nicht so. Aber auf dem elterlichen Hof kam es auf andere Dinge an und er möchte den eher zart gebauten Bernhard nicht sehen, wenn er eine ganze Gabel mit Mist anheben muss.

Ausgerüstet mit einer Decke, Brot und getrockneten Früchten suchen sie sich einen geschützten Schlafplatz hinter dem Hafenhaus.

Der letzte Rest aus der Schnapsbuddel wird getrunken, und Bernhard hat auf einmal die Idee, eine Flaschenpost loszuschicken. Auf einen Zettel schreibt er: »Amerika, wir kommen, Bernhard Hemken und Erik Reese, 15. Juli 1821«, steckt ihn in die Flasche mit dem Vorsatz, diese von Bord aus ins Meer zu werfen. »Vielleicht kommt sie ja vor uns an und man erwartet uns winkend!«, lacht er.

V

Völlig durchnässt wachen sie früh auf. Es ist zwar warm und hat auch nicht geregnet, aber der feuchte Dunst des nahen Wassers der Elbe lässt alles in diesigem Grau verschwinden. Geschlafen haben sie sowieso kaum. Bernhard vor Aufregung und freudiger Erwartung. Erik dagegen quält das schlechte Gewissen und er versucht, seine vom Weinen geröteten Augen vor Bernhard zu verbergen.

Das Schiff, die »Hamburg II«, vor dem sie wenig später stehen, sieht nicht besonders vertrauenswürdig aus. Und beim Betreten des Zwischendecks wird ihnen nicht wohler.

Immer mehr Menschen strömen in den niedrigen, dunklen Raum, der nur schwach von einigen Öllaternen erhellt wird. Die viel zu wenigen hastig gezimmerten Holzbänke sind schnell besetzt. Die Luft ist schon jetzt stickig und Erik muss gegen aufkommende Panik ankämpfen. Was hat Bernhard gesagt? Sieben Wochen? Wie soll man das schaffen? Wo soll man seine Notdurft erledigen, kann man sich irgendwo waschen?

Bernhard bemerkt die Panik des Freundes. »Komm, wir gehen hoch, an die Luft. Die Sachen können wir hier lassen, keiner kommt von Bord. Aber das Geld müssen wir von nun an in der Unterbux, direkt am Körper haben.«

Oben ist alles schon viel besser. Eine leichte Brise weht, es gibt ein Fass mit Süßwasser, mit dem man sich waschen kann und eines, aus dem man trinken kann. Eimer für die Notdurft, die anschließend ins Meer geschüttet wird, sind diskret hinter Balken und Fässern versteckt. Und am Kai stehen Hunderte von Menschen, die winken und gute Wünsche herüberrufen – alles wird gut werden.

VI

Nichts wird gut!

Zwar segeln sie nach der Durchquerung des Ärmelkanals auf dem Atlantik in den ersten Tagen, bei bestem Wetter und moderatem Wind, Richtung Süden und sehen spannende Dinge, wie Horden von Delfinen und hunderte große Wale.

»Die sind riesig!«, weiß Bernhard. »Aber sie werden gejagt und getötet, damit wir Tran für unsere Lampen haben. Hoffentlich erfinden die Menschen bald eine bessere Lichtquelle, sonst gibt es bestimmt bald nicht mehr viele von ihnen!«

Doch dann wird der Wind stärker und die Wellen werden höher.

Die bekannten Sommerstürme auf dem Atlantik machen sich bemerkbar. Der erfahrene Kapitän versucht, den Hurrikans auszuweichen, so gut er kann. Immer weiter südlich führt ihre Route, das kostet Zeit. Und selbst die Ausläufer der Stürme sorgen dafür, dass das Schiff schlingert und rollt und bald der Gang nach oben aufs Deck lebensgefährlich ist. Hochschlagende Wellen können Menschen über Bord spülen.

Die Luft im Zwischendeck wird immer abgestandener.

Eimer, die nach unten geholt wurden für die Notdurft und den Auswurf der Menschen, kippen. Es verbreitet sich ein schrecklicher Gestank. Die Matrosen kommen nicht mehr herunter. Mühsam versuchen die noch Kräftigen, den Boden ein wenig mit Salzwasser zu spülen und Ausscheidungen nach oben zu bringen.

Das Essen muss man mit den zu Beginn verteilten Schalen oben an der Treppe aus einem Bottich schöpfen, genau wie das Trinkwasser, das immer brackiger schmeckt. Zu essen gibt es meist nur Reis in Brühe oder Kohlsuppe, hin und wieder etwas Dörrfleisch und hartes Brot.

Dann bekommen die ersten Menschen Krankheitsanzeichen.

Übelkeit, Durchfall, Fieber ...

Wann immer es geht, schleppen sich Bernhard und Erik nach oben, um der Hölle zu entrinnen.

Eines Morgens weckt die, die etwas Schlaf fanden, der verzweifelte Schrei eines Mannes, der in haltloses Weinen übergeht. Seine Frau macht die Augen nicht mehr auf!

Sie sind seit fünf Wochen unterwegs.

Und dann fängt es an, Erik schlecht zu gehen. Er kann nicht mehr essen, will nicht mehr trinken, bekommt Fieber.

Bernhard besorgt Seile, schleppt den größeren und schwereren Freund die Treppe hinauf und sucht ihnen einen Platz, wo sie sich festbinden können. Aus Decken baut er einen notdürftigen Verschlag als Schutz vor der grellen Sonne und dem überschlagenden Wasser.

Er zwingt Erik, das inzwischen stinkende Wasser zu trinken und kauft von den Matrosen eine Buddel Rum. Der Alkohol soll die giftigen Krankheitserreger im Wasser töten, so seine Idee.

Aber Erik geht es immer schlechter. Der einst starke, muskulöse Mann magert ab, unter seinem Brustkorb scheint sich ein Loch im Körper zu befinden. Die Haut wird fleckig und sein Lebenswille erlischt zusehends. Wenn er sich nicht im Fieberwahn wälzt, weint er und bereut, seine Familie verlassen zu haben.

Bernhards aufmunternde Worte und die Lieder, die er ihm vorsingt, dringen bald nicht mehr zu ihm durch. Dann wird er eines Nachts wach. Erik bäumt sich auf, atmet hektisch und fällt dann mit einem tiefen, erlösenden Atemzug zurück auf sein Lager.

Erik ist tot!

Zusammen mit einigen anderen wird Erik von den Matrosen eiligst über Bord geworfen. Bernhard ist verzweifelt, er gibt sich die Schuld an Eriks Tod.

Seit sechs Wochen sind sie nun auf See, die Wellen werden flacher, der Wind schwächer und dann ist auf einmal Land in Sicht: Ein Zwischenstopp auf Kuba wird genutzt, um das Wasser und die Vorräte aufzufüllen.

Und um schwer Kranke an Land zurückzulassen, denn Amerika wird sie nicht hereinlassen ...

VII

Die Luft wird weich, das blaue Wasser des Ozeans vermischt sich immer mehr mit entgegenkommendem braunen Wasser, Schilfbüschel schwimmen an der Oberfläche, Vögel bevölkern die Luft.

Sie erreichen nach fast acht Wochen Fahrt und vielen Verlusten das riesige Delta des Mississippi.

An Deck wird es geschäftig. Die Matrosen holen einige Segel ein, das Schiff verliert an Fahrt. Teile der Besatzung nehmen ihre Plätze am Bug ein, um das Wasser und eventuelle Untiefen zu beobachten.

Die Passagiere kommen nach oben, halten ihre Gesichter in die Sonne und massieren sie, um die Durchblutung anzuregen. Zwar gibt es noch keine scharfen Einreisekontrollen wie sie Ende des Jahrhunderts eingeführt werden, wenn Millionen Emigranten Amerika fluten ...

Aber auch jetzt schon, so hat man gehört, will man keine eingeschleppten Krankheitserreger und schwachen Menschen im Land. Also versucht jeder, so gesund und fit wie möglich auszusehen. Lippenrot macht die Runde, saubere Tücher werden ganz unten aus den Taschen gefischt und umgebunden. Schmutzflecken auf der abgetragenen Kleidung versucht man im Sonnenlicht mit Salzwasser heraus zu reiben und Parfüm soll strenge Gerüche überdecken.

Bernhard steht stattdessen an der Reling und beobachtet die ungewohnte Umgebung. Er kennt die Mündungen von Weser und Elbe ins Meer, aber das hier ist etwas komplett anderes!

In der immer noch unglaublichen Weite tauchen jetzt immer mehr Inseln und Schilfgürtel auf. Einige Wasserflächen an den Seiten scheinen so flach, dass reiherartige Vögel darin herumstaken und nach Nahrung suchen.

Je näher sie dem Festland kommen, desto mehr Inseln treten hervor. Teilweise stehen Bäume auf ihnen, an deren Ästen eigenartige, graue Behänge wachsen. Zwischen Wasserhyazinthen entdeckt er Schildkröten und einmal sogar den Rücken eines Alligators.

Riesige Vögel (später lernt er, dass es Pelikane sind) stürzen sich kopfüber ins Wasser auf der Jagd nach Fischen.

Dann sieht man in der Ferne durchgehendes Land, die Inseln rücken näher heran und die Vegetation wird vielfältiger und bunter.

Die scheinbar geschlossene Landlinie bietet beim Näherkommen eine schmale Öffnung. Die Konzentration von Steuermann und Mannschaft ist auf dem Höhepunkt, Befehle und Informationen werden hin- und hergerufen.

Dann ist es geschafft und hinter der Engstelle öffnet sich ein riesiger See, an dessen linkem Ufer die Stadt New Orleans liegt.

Große Ruderboote kommen längsseits, Leinen werden geworfen und die letzten Segel eingeholt. Dann wird die Hamburg II am Kai vertäut.

Ehrfürchtig und langsam treten die Menschen auf die steile Leiter nach unten. Bei vielen fließen Tränen der Erleichterung, als sie den Boden betreten, manche knien nieder, danken Gott oder küssen die fremde Erde.

Bernhard schaut um sich und sieht sehr schwarze Männer mit nackten muskulösen Oberkörpern, die hastig Schiffe be- und entladen. Manch einer bekommt eine Peitsche oder einen Stock auf den oft schon vernarbten Rücken, wenn die Arbeit nicht schnell genug geht. Ist das das freie Land, in dem alle gleich sind?

Rufe auf Französisch, Deutsch, Spanisch und ihm gänzlich unbekannten Sprachen schwirren durch die Luft und erinnern ihn an das biblische Babylon.

Tatsächlich müssen sie dann durch ein Spalier von sehr kritisch dreinschauenden Männern. Und ein Mann vor ihm, der nicht mehr weiterlaufen kann, wird blitzschnell aus der Reihe gezogen. Was mit ihm passiert, kann Bernhard nicht sehen, wird er doch unerbittlich weiter nach vorne geschoben.

Endlich erreichen sie die breite Straße hinter dem Kai und die Menschen verteilen sich.

Die meisten eilen zu den aufgestellten Tischen, hinter denen Männer sitzen, die die Einwanderer registrieren, ihnen Arbeitsmöglichkeiten und Unterkünfte aufzeigen.

Bernhard versinkt in den Eindrücken dessen, was vor ihm liegt.

Was für eine Stadt! Farbige Häuser mit großen Veranden und schmiedeeisernen Balkonen, von denen tropische Pflanzen herunterhängen. Kunstvolle Muster haben diese eisernen Säulen und Gitter. Manche Häuser sind groß und aus Stein. Riesige Torbögen führen in bewachsene Innenhöfe. Weiter hinten sind die Häuser eher klein und aus Holz, aber auch sie sind bunt und haben Veranden, auf denen gemütliche Schaukelstühle zu sehen sind.

Und überall Menschen. Menschen, die lachen, singen, diskutieren. Menschen aller Hautfarben in bunter Kleidung. Schwarze Frauen, die selbstbewusst Waren auf den Köpfen tragen oder aus Leiterwagen gebackene Leckereien verkaufen. Weiße Männer und Frauen, die vor Eingängen stehen und hereinwinken.

Eine ganz ungewohnte, wunderbar sentimentale Musik dringt aus diesen Türen. Und in eine dieser Bars flüchtet sich Bernhard. Erschlagen von den Eindrücken, gleichzeitig zu deprimiert durch Eriks Tod, um alles wirklich genießen zu können, sucht er seinen Trost im Rum und verbringt seine erste Nacht an den großen Brüsten einer reiferen rothaarigen Französin.

VIII

Joanne, wie die rothaarige Retterin heißt, ist groß, mollig und 41 Jahre alt. Sie ist nach eigenen Angaben die Enkelin einer der 88 jungen Frauen, die die französische Regierung 1727 aus Pariser Gefängnissen entließ und nach Louisiana schickte, um den dortigen Frauenmangel zu beheben. Man nannte sie »Les filles à la cassette« (die Mädchen mit dem Köfferchen). Unter ihnen waren viele Prostituierte, die es auch in der Fremde vorzogen, statt zu heiraten, selbstständig im »erlernten Beruf« Geld zu verdienen. Und auch Joanne nennt sich »freiberufliche Liebesdienerin« und betreibt diesen Beruf mit wahrer Leidenschaft.

Für Bernhard ist diese Begegnung ein Glücksfall.

Joanne hat ein kleines Gästezimmer und hier darf der geschwächte Neuankömmling erst einmal wohnen. Ein weiches rotes Sofa mit unendlich vielen bunten Kissen, Bambusteppiche, viele Pflanzen und ein wunderschöner Balkon mit Blick auf eine belebte Straße – Bernhard erscheint es, als habe er nie schöner gewohnt!

Joanne kann ihm auch die meisten der vielen Fragen, die er hat, beantworten.

So erklärt sie den von ihm beobachteten unterschiedlichen Status der dunkelhäutigen Menschen damit, dass in Louisiana seit Langem, neben den direkt aus Afrika eingeschleppten schwarzen Sklaven (die in der menschlichen Wertschätzung den untersten Rand einnehmen), so genannte »Kreolen« leben. Was genau dieser Begriff bezeichnet, ist etwas unklar. Grundsätzlich wird unterstellt, dass französisches Blut in ihren Adern fließt, welches sich ehemals vermischte mit dem Blut von Spaniern, Indianern oder auch Schwarzen. Die ersten französischen Einwanderer, die so genannten »Cajuns«, die schon im 17. Jahrhundert kamen, waren Jäger und Fallensteller und nahmen es mit der Wahl ihrer Frauen nicht so genau. Aus dem Wort Cajun entwickelte sich das Wort »Kreole«.

Und so entstehen in Louisiana (und nur hier) die »Charter-Generationen«, halbfreie oder freie dunkelhäutige Menschen, die als »free coloured« bezeichnet werden und viele Rechte haben. Sie dürfen persönliches Eigentum besitzen, sogar eine eigene Produktions- und Austauschwirtschaft betreiben und haben somit für dunkelhäutige Menschen in Amerika ein für die Zeit ungewöhnlich hohes Maß an Selbstbestimmung.

Und Joanne kann kochen!

Leckere Gumbos, Eintöpfe, mit Garnelen, Fisch oder Huhn, exotisch gewürzt. Oder geniale Omelettes mit frischem Gemüse, sowie vielfältige Reisgerichte.

Hiermit versucht sie, den völlig abgemagerten und erschöpften Bernhard wieder zu Kräften zu bringen.

Aber Bernhard hat keinen Hunger. Er kann, obwohl völlig übermüdet, nicht schlafen. Von Joannes Balkon aus betrachtet er das bunte Treiben der Stadt und nimmt es zunehmend wie durch eine Milchglasscheibe war. Das einzige Gefühl, das ihn erreicht, ist die Angst vor dem Weg zu Monsieur Ludeling, einem Kaufmann, bei dem Joanne ihm eine Stelle besorgt hat.

Oft hält er es nur wenige Stunden in den eleganten Räumlichkeiten des Kaufmanns aus, aber in dieser Zeit schafft er mit seinem glasklaren Blick auf Zahlen und Verträge mehr als andere in Tagen. Und so beschwert sich Ludeling nicht, wenn der erschöpft aussehende Deutsche schon am frühen Nachmittag erklärt, er habe Kopfschmerzen und müsse gehen. Ludeling vermutet, dass dem jungen Mann die beschwerliche Reise noch in den Knochen steckt.

Die bildschöne Tochter des wohlhabenden Kaufmanns, Nina Francoise Laurette Solnave, genannt Nina, schleicht immer wieder um Bernhard herum und wirft ihm Blicke zu, die dieser zwar theoretisch deuten kann, die bei ihm aber an der unsichtbaren Mauer, die ihn umgibt, abprallen.

IX

»Ich ertrage das nicht mehr!« Joanne räumt wütend den noch fast vollen Teller mit dem liebevoll zubereiteten Omelette ab.

»Bist nur Haut und Knochen, sprichst kaum, schläfst nicht, isst nicht ... Weißt du, was du hast? Deine Seele ist krank!«

Bernhard liegt auf dem Sofa, er weiß nicht, was er hier soll, er weiß nicht was sein Leben für einen Sinn hat, er will nicht mehr hier sein, aber er weiß auch nicht, wohin er will.

»Was kann man da tun? Beten? Vergiss es! Wenn es einen Gott gibt, hat er mich schon lange verlassen – oder ich habe ihn verlassen.«

»Bei uns geht man, wenn die Seele krank ist, zu Marie Laveau. Alle gehen zu ihr, die einen heimlich, die anderen geben es zu. Nicht nur aus New Orleans kommen die Leute, sie kommen von überall her. Deshalb ist es schwer, einen Termin zu bekommen. Aber ich kenne sie gut und ich kann dich zu ihr bringen!«

»Wer ist diese Madame Laveau?«

»Sie ist unsere ›Vodoo-Queen‹!«

»Niemals! Ich bin ein gebildeter Mensch und glaube nicht an Hexenzauber!«

»Und was nützt dir das?« Joanne ist aufgesprungen und knallt die Tür beim Gehen zu.

X

Die Tage vergehen, die Wochen vergehen. Bernhards Zustand verschlechtert sich zusehends.

Bald steht er gar nicht mehr auf, plötzlich und unerwartet muss er weinen. Was soll er tun? Eine Rückfahrt nach Deutschland würde er in seinem jetzigen Zustand nicht überleben. Und was soll er da? Sich den Vorwürfen aus Eriks Familie stellen? Noch nicht mal einen Brief an sie hat er zu schreiben geschafft ...

Er zieht die Vorhänge zu, er will die Sonne nicht mehr sehen.

Dann eines Tages scheint es, als kämen die Wände des Zimmers auf ihn zu! Er schreit nach Joanne, und als sie endlich kommt, stammelt er nur: »Bitte, hilf mir, egal wie ...«

Mit der Kutsche gelangen sie zu dem Haus von Marie Laveau, das versteckt hinter großen Zypressen mit grauen herunterhängenden Schleiern steht.

Auf ihr Klopfen öffnet eine rundliche Kreolin mit bunten Tüchern um den Körper und um den Kopf die Tür und strahlt sie an.

»Kommen Sie, ich sage Madame Laveau Bescheid.«

»Ich gehe dann mal wieder.« Joanne ist schneller weg, als Bernhard reagieren kann, und die Mollige schiebt ihn sanft vor sich her in einen großen Raum, geht und schließt die Tür hinter sich.

Ist er draußen oder ist er drinnen? Es ist schummrig, schwül, warm wie draußen und große Pflanzen oder gar Bäume erfüllen den Raum.

In der Mitte sieht er eine schwarze Matte am Boden, auf der viele schwarze Kissen verteilt sind. Zwischen den Pflanzen liegen überall bunte Stoffpuppen, wie er sie schon oft in der Stadt gesehen hat.

Am Kopfende des Raumes ist eine leicht erhöhte Bühne, auf der – sieht er richtig? – eine riesige Schlange liegt! An der Wand dahinter sieht er kleine Skelette und Särge, und Bilder von bunt gekleideten schwarzen Menschen im Tanz. Leise Trommelmusik erreicht sein Ohr.

Wie in Trance lässt er sich auf der Matte nieder und fast im gleichen Moment erscheint eine sehr zarte, wunderschöne Kreolin auf der Bühne. Sie ist vollständig in schwarz gekleidet, auch ihr

Haar wird von einem schwarzen Turban bedeckt. Sie geht an der Schlange vorbei, die sich nicht rührt, und bewegt sich langsam und lächelnd auf Bernhard zu. In der einen Hand hält sie eine Kürbisschale mit unbekanntem Inhalt, in der anderen einen bunt bemalten Flaschenkürbis.

»Du suchst Hilfe, und du wirst sie bekommen. Aber nur wenn du, wie die ersten Menschen, zuerst blind wirst, dann der uns alle führenden Schlange vertraust und danach bereit bist, in deine Seele zu schauen, wo die Ahnen alles Wissen gespeichert haben, das du brauchst.

Bist du bereit?«

Bernhard fühlt sich wie gelähmt, unfähig zu sprechen, aber er nickt. Nur nicht so weiterleben ist alles, was er denken kann.

Marie Laveau kommt näher, die Trommeln werden lauter, er weiß nicht, woher die Musik kommt. Nun sieht er, dass in der Schale ein gelbes Pulver ist. »Schlucke dies und spüle mit dem heiligen Wasser«, sagt die Frau mit sanfter Stimme, und er schluckt das Pulver und trinkt aus dem Flaschenkürbis.

XI

Marie Laveau setzt sich neben ihn und legt die Hand auf seine Schulter. Zunächst passiert nichts.

Dann wird ihm wohlig warm, das Licht im Raum wird noch dunkler und die Trommeln verstummen. Die Pflanzen rundum verschwimmen und – die Schlange bewegt sich.

Langsam kommt sie vom Podium herunter, auf ihn zu.

Dann wird es total dunkel, Panik beschleicht ihn, doch die Hand auf seiner Schulter drückt beruhigend und eine andere Hand streicht ihm über den Rücken.

Langsam kehrt das Licht zurück. Die riesige Schlange ist jetzt direkt vor ihm und hat sich aufgerichtet.

Die Stimme von Madame Laveau scheint aus dem Maul der Schlange zu kommen.

»Du kannst nicht fühlen! Du siehst nur dich und deine Welt. Du kannst nicht lieben. Geld wird

*dir nicht helfen. Gehe in die Einsamkeit, suche
wahres Empfinden.*

Geh nach Natchez.«

Es wird ruhig und wieder dunkel.

Aber das macht ihm jetzt keine Angst mehr.

Vor seinem inneren Auge sieht er ein dunkelhäutiges Kind, das ihn mit großen Augen anschaut. Und dieser Blick berührt ihn. Nie hatte ihn zuvor ein Kind interessiert. Er sieht die Frauen, mit denen er zusammen war, keine hatte er wirklich geliebt. Nie hat er bereut, von Familie und Freunden weggegangen zu sein. Freunde hatte er ja auch nicht wirklich, außer Erik. Und ging es ihm dabei nicht nur darum, die Reise ins Ungewisse nicht ganz alleine anzutreten? Hatte er je wirklich verstanden, was Erik zurückließ, warum er so oft weinte?

Hatte ihn das Leid der Menschen auf dem Schiff, die Todesfälle, je berührt? War da nicht immer eine große Leere in ihm gewesen?

Wieder erscheint das Gesicht des Kindes und er fühlt eine tiefe Wärme in sich.

Dann verschwinden alle Gedanken und er schläft ein.

Als er erwacht, ist es hell im Raum, Madame Laveau und die Schlange sind weg. Er fühlt sich herrlich ausgeschlafen. Als er mit den Händen über sein Gesicht fährt, spannt es von den Resten getrockneter Tränen.

Er steht auf, geht, ohne einen Menschen zu treffen, hinaus und erfreut sich zum ersten Mal an der wunderbaren Wärme der Sonne und dem Lachen der bunt gekleideten Menschen.

XII

»Denk bloß nicht, dass ich jetzt an den ganzen Mist glaube! Ich habe nur ein wenig nachgedacht und da ist mir so einiges klar geworden.«

Bernhard verschlingt hungrig das zweite Omelette. Joanne grinst und gibt weiteren Teig in die Pfanne.

»Jetzt solltest du mal wieder zum alten Ludeling gehen, sonst schmeißt er dich noch raus!«

»Ist mir egal! Ich geh hier weg.«

»Warum das denn?« Joanne schiebt das dritte Omelette auf einen Teller und setzt sich zu ihm.

»Ich sage doch, mir ist was klar geworden. Kennst du den Ort Natchez? Heißt so nicht ein Indianerstamm?«

Joannas Miene verfinstert sich. »Schlechte Idee, ganz schlechte Idee«, murmelt sie und steht abrupt auf.

Ohne ein weiteres Wort verlässt sie den Raum.

Ein ratloser Bernhard beschließt, hinaus in die Stadt zu gehen, um sich abzulenken. Es ist warm, von überall her hört er diese wunderbare Musik, die er vorher nicht kannte, es duftet nach Gebackenem, Menschen reden und lachen.

Aber auch ältere, verkrüppelte, schwarze Menschen sitzen am Straßenrand und betteln. Einige zeigen deutliche Spuren von Misshandlungen. So fehlt einem eine Hand, einem anderen ein Ohr oder Auge, die Gesichter zeigen tiefe Narben. Aussortierte Sklaven, weggeworfen wie Müll … Das Land, in dem alle gleich sind?

Ein Glas Rum in einer Bar spült den Kloß im Hals weg.

Ein erwidertes Lächeln, noch ein Rum.

Doch seine Frage nach Natchez führt auch hier schnell zu abweisenden Gesten.

Nun ist seine Neugierde richtig geweckt und er macht sich auf den Weg zu Ludeling.

»Monsieur ist wieder am Leben!«, begrüßt der ihn erfreut, seine Sympathie für Bernhard spiegelt sich in seinen Augen.

»Kann er denn auch arbeiten? Die Verträge häufen sich, Joe schafft es nicht, das Töchterlein ist mal wieder unpässlich und ich weiß nicht, wo mir der Kopf steht. Wenn Ihr hier Klarheit schafft, will ich Eure Fehltage vergessen und sogar bezahlen«!

»Mach ich, aber danach möchte ich mit Euch ein für mich wichtiges Gespräch führen. In aller Ruhe, gerne bei einem Glas Wein.«

»Abgemacht, aber erst die Arbeit!«

Tatsächlich ist so viel liegen geblieben, das Bernhard nicht einen, sondern drei Tage durcharbeitet.

Danach trifft er sich mit Ludeling auf dessen imposanter Terrasse mit Blick aufs Wasser und den Hafen. Hier lebt der Witwer alleine mit seiner bildschönen Tochter Nina. Die serviert Wein und kleine Leckereien, nicht ohne Bernhard immer wieder mit ihren tiefblauen Augen sehnsüchtig zu betrachten, und nun lächelt er sie an. Errötend verschwindet Nina schnell im Haus.

»Was hat es mit dem Ort Natchez auf sich? Warum redet keiner gerne darüber?« Bernhard kann seine Ungeduld und Neugier nicht zügeln.

Ludeling nimmt einen großen Schluck Wein.

»Die Geschichte ist alt, sehr alt. Aber sie hat viele Siedler traumatisiert und zur Entstehung vieler Gerüchte geführt. Der Aufbau der Plantagenwirtschaft in Louisiana entlang des Flusses wurde so sehr verzögert.

Die Franzosen gründeten vor fast hundert Jahren am Mississippi das Fort Rosalie als Stützpunkt für die ankommenden Siedler.

1729 befahl der Kommandant Chepart den Natchez-Indianern, die in dieser Gegend wohnten, das Dorf ›White Apple‹ zu räumen, da hier eine Tabakplantage entstehen sollte.

Das löste den ›Natchez-Aufstand‹ aus, bei dem die Franzosen nicht nur diesem Stamm, sondern noch vier weiteren verbündeten Stämmen gegenüber standen. Außerdem fanden die Indianer auch Verbündete in den schwarzen Sklaven, die auf den schon vorhandenen Plantagen arbeiteten.

Im ersten Aufstand, so heißt es, starben 200 Siedler, viele Frauen und Kinder wurden gefangen genommen. Das Fort wurde total zerstört.

Bis ins Jahr 1763 gab es immer wieder Kämpfe und wenn auch inzwischen die meisten Indianer vertrieben oder getötet sind, gilt die Gegend als unsicher, manche sagen verflucht.«

»Das alles ist lange her, warum versucht man nicht, neu zu siedeln?«

»Die Leute hier sind abergläubisch, sie sagen, ein Fluch liegt auf dem Land. Ihr wisst, dieser ganze Voodoo-Quatsch. Aber einige wenige versuchen es trotzdem ... Viele Plantagenbesitzer mussten allerdings damals, da sie ihre Schulden nicht begleichen konnten, ihr Land als Sicherheit benutzen. Und einige Nachkommen dieser Siedler sind bis heute nicht in der Lage, den Schuldschein auszulösen.

Auch ich habe die Besitzurkunde von einem Stück Land da oben, das mir ein zahlungsunfähiger Siedler überlassen musste.«

Erschrocken hört Ludeling auf zu reden, hastig schenkt er sich Wein nach. Obwohl es inzwischen recht dunkel auf der Terrasse ist, die nur von zwei Laternen schwach erleuchtet wird, meint er, den Gesichtsausdruck Bernhards deuten zu können.

»Nein, denkt nicht darüber nach!«

»Doch!« Bernhard ist vor Aufregung aufgestanden.

»Das Grundstück ist nach all dem, was Ihr erzählt habt, im Moment nichts wert. Ihr werdet bestimmt keine Plantage dort betreiben, Eure Tochter auch nicht. Aber ich gehe hoch, und wenn die Farm ein Erfolg wird, soll es auch Euer Schaden nicht sein.«

»Monsieur Hemken, Ihr wisst, ich mag und schätze Euch. Aber – ich brauche Euch auch hier, ich könnte Euch mir als meinen Nachfolger ... und meine Tochter ...«, hastig trinkt er noch einen Schluck Wein und ruft ins Haus nach einer neuen Flasche.

»Kann alles noch werden, aber jetzt muss ich erst mal raus aus dieser Stadt, nachdenken. Wie Ihr wisst, ging es mir lange nicht gut. Und da scheint mir der Aufbau einer Plantage genau das Richtige. Wenn es läuft, werde ich Geschäftsführer haben und kann zurückkommen und an Geld soll es uns dann nicht mangeln.«

Monsieur Ludeling versinkt in tiefes, nachdenkliches Schweigen.

Endlich, nach einer scheinbaren Ewigkeit, hebt er das nachgefüllte Glas. »Es wird ein Wagnis sein, aber Ihr seid nicht dumm.«

»Das Glück gehört dem Mutigen und dem Fähigen! Und etwas Geld habe ich auch noch, um euch das Papier abzukaufen!«

Jetzt ist auch Ludeling aufgestanden.

»Ich glaube an Euch, am Geld soll es nicht liegen. So sei es!«

Sie stoßen an.

»Wo genau liegt eigentlich dieses Grundstück?«

»Na, genau bei dem Ort Natchez am Mississippi.«

XIII

Es ist ein sehr heißer Sommermorgen im Jahr 1822, als Bernhard am Lake Pontchartrain auf einen der ersten Raddampfer steigt.

So ein Schiff hatte er noch nie gesehen. Es gibt keine Segel, sondern riesige, rote Räder am Heck und das Schiff ist sehr groß.

Diese Schiffe sind ideal für den Waren- und Personentransport auf dem Mississippi. Sie sind sehr flach und können so gut die Untiefen des Stromes bewältigen, und durch die über eine Dampfmaschine angetriebenen Räder ist es möglich, gegen die starke Strömung des großen Flusses stromaufwärts zu fahren.

Mitte des Jahrhunderts wird es hier 1.000 von ihnen geben, jetzt sind es zwei.

Bernhard genießt die langsame Fahrt auf dem sich scheinbar unendlich schlängelnden Fluss.

Immer wieder kommen Nebenflüsse hinzu. Schilf- und Sumpflandschaften beherbergen unzählige Vögel, große Bäume mit dem bekannten Bewuchs und grüne Hügel vervollständigen den

Eindruck einer wilden, wunderschönen Landschaft.

An vielen kleinen Orten wird angehalten, Menschen und Waren verlassen das Schiff, andere kommen hinzu.

Der Dampfer fährt nur tagsüber wegen der vielen Unwägbarkeiten des breiten, riesigen Flusses, in dessen Randbereichen es so flach ist, dass Reiher zu Fuß ihre Nahrung suchen.

Nach drei Tagen erreichen sie den kleinen Ort Natchez, und schnell ist ein Kutscher gefunden, der nach der vorgelegten Karte das gesuchte Grundstück findet.

Der Zaun ist nur noch zu erahnen, der Weg mit Gras überwachsen, aber dann erreichen sie ein wunderbares, großes Haus. Es ist aus Holz, der weiße Anstrich blättert allerdings an vielen Stellen ab. Das ganze Haus steht auf einem Sockel (der Mississippi ist nah und tritt regelmäßig über die Ufer). Rund um das Haus zieht sich eine überdachte Terrasse, die man über eine große Freitreppe erreicht. Auf dem Grundstück am Haus stehen große Bäume und das Gras unter ihnen scheint regelmäßig geschnitten zu werden. Im Hintergrund erahnt man einige kleine Holzhütten und einen großen See. Auch wenn das Haus nicht im besten Zustand ist, so scheint es doch nicht verlassen.

Bernhard bezahlt den Fahrer und geht dann langsam mit seinen zwei großen Taschen auf die Freitreppe zu. Irgendwo im Haus bellt ein Hund. Er betritt die Veranda und steht vor einer weit geöffneten Flügeltür. »Hallo?« Bernhard ruft, bekommt aber keine Antwort.

Vorsichtig tritt er ein. Er steht in einem sehr großen Raum mit einem bunten, indianisch anmutenden Fliesenboden, der total sauber ist.

In der Mitte des Raumes ist ein großer Tisch aus Holz mit vielen Stühlen, und vor dem Tisch steht eine schlanke, dunkelhäutige Frau mit langen, glatten, schwarzen Haaren. Sie ist um die 20 Jahre alt und nie hat Bernhard in seinem Leben etwas Schöneres gesehen.

»Hallo, ich bin Mary B.«, sagt sie und betrachtet ihn ernst.

XIV

Für Bernhard beginnt eine wunderbare Zeit. Das leer stehende Haus hatte, solange sich kein Eigentümer meldete, eine bunte Schar von Nachkommen der Überlebenden der Natchez-Kriege in Besitz genommen. Schwarze, Indianer, Kreolen und Mischungen aus all diesen Menschen hatten Haus und Hütten einigermaßen in Stand gehalten, Gemüse zur Selbstversorgung angebaut, sowie Hühner, Schweine und Ziegen gehalten.

Der See versorgt sie mit Fischen und der schlechte Ruf des Hauses, das als verhext gilt, schützte sie vor Angriffen der anderen (recht weit entfernt lebenden) Plantagenbesitzer.

Es gibt eine schwarze Familie mit drei Kindern, den hünenhaften, allein lebenden Schwarzen Lawrence Dunmore, zwei kreolisch/indianische Familien mit zusammen acht, teils schon erwachsenen Kindern, zwei ältere verwitwete Kreolinnen namens Ella und Nasu und Mary B.

Bernhard ist schlau genug, nicht auf Konfrontation zu gehen. Auch verbietet es ihm sein Menschenbild, diese Leute herabwürdigend zu behandeln. Er versammelt die Erwachsenen in der Eingangshalle um den großen Tisch und erklärt seinen Plan.

Ihm gehört nun zwar dieses Anwesen und somit ist er auch der Herr über alles, aber er will keine Sklaven. Er will den hier lebenden Menschen per Urkunde den Status »free coloured« zukommen lassen (was zu dieser Zeit in Louisiana ja bekanntlich möglich war) und mit ihnen gemeinsam diese Plantage in eine Goldgrube verwandeln. Jeder soll dazu beitragen, was er oder sie gut kann, es gäbe Verantwortliche für die Tiere und die Nahrungsbeschaffung, Verantwortliche für die Feldarbeit, die Renovierungen, das Kochen ...

Durch seine euphorisch vorgetragene Rede reißt er die Menschen am Tisch mit.

Vor allem das Versprechen, dass er, sobald die Plantage Gewinne erwirtschaften würde, beginnen wolle, Löhne auszuzahlen, stößt auf Begeisterung.

Die Menschen, die im Haus gewohnt hatten, verlassen dieses nun ohne Murren (Widerstand würde in dieser Zeit für Dunkelhäutige den Tod am Galgen bedeuten) und ziehen wieder in die Hütten, die frei sind und nun mit Hilfe aller wieder hergerichtet werden. Vieles an Mobiliar aus dem Haus dürfen sie mitnehmen. Die beiden alleinstehenden Kreolinnen, Ella und Nasu, sind unter anderem für die Küche und die Sauberkeit im Haus zuständig und dürfen darin wohnen bleiben, die Halle bleibt Speise- und Versammlungsraum für alle.

Bernhard beansprucht für sich nur einen Büroraum und ein Schlafzimmer, das er nun bald mit Mary B. teilt.

Nie hat er so eine Liebe erlebt, nie so verschmelzende Körper.

Mary ist nicht nur schön und liebevoll, sie ist auch sehr intelligent, er kann mit ihr alle Pläne besprechen. Gerne packt sie bei anliegenden Arbeiten mit an und fungiert als Vermittlerin zu den Arbeitern und Arbeiterinnen bei entstehenden Spannungen, die natürlich hin und wieder entstehen.

Bernhard schickt eine Depesche nach New Orleans und Ludeling unterstützt die Anfänge großzügig mit Geld.

Nach kurzer Zeit erstrahlt das Haus in neuer Farbe, die alte Kutsche und die Pflüge werden in Ordnung gebracht.

Bernhard läuft in den etliche Meilen entfernt liegenden Ort Natchez und lässt sich von den Mormonen, die diese Arbeit sehr zuverlässig übernommen haben, registrieren. Er kauft ein

Pferd, so dass dieser Weg in Zukunft nicht mehr zu Fuß bewältigt werden muss.

Die Jahre gehen ins Land, die Plantage entwickelt sich dank Bernhards kaufmännischem Geschick (er setzt auf Zuckerrohr) prächtig.

Schon 1823 wird Mary und Bernhard der erste Sohn geboren, den sie Docas nennen. Ordnungsgemäß lassen sie ihn, wie auch die folgenden Kinder, bei den Mormonen taufen und registrieren, was diese nur unwillig tun, entspringt dieses Kind doch aus einer unehelichen Mischbeziehung.

Aber verheiraten können sie den weißen Mann nicht mit dem minderwertigen Weib – das ginge zu weit und wäre sicher auch nicht von Gott gewollt.

Mary B. (die, wie so viele andere Geheimnisse, nie verraten wird, was das »B.« bedeutet) stört das nicht. Die meist ernste, geheimnisvoll wirkende Frau liebt das Leben, das sie führt, so wie es ist.

Bernhard vergöttert und achtet sie und lässt sogar ein Gemälde von ihr erstellen, das zusammen mit einem Gemälde von ihm in der großen Halle aufgehängt wird.

1824 kommt der Sohn Johann zur Welt und 1825 wird die Tochter Marie Nicette geboren.

Am 19. April 1827 bekommen die beiden ihr letztes gemeinsames Kind. Vom ersten Moment an fasziniert dieses schöne Mädchen Bernhard.

Es erinnert ihn an seine Erscheinung in der Voo-
doo-Trance und er nennt es nach seiner Mutter
– Catharina.

Und bald danach enden die guten Zeiten!

XV

1830 liegt Bernhards Plantage nicht mehr abgelegen, die letzten Indianer sind vertrieben oder umgebracht, immer mehr Siedler kommen.

Und es gibt nicht genug Sklaven für die neuen Plantagen, da die Einfuhr von Sklaven aus Afrika seit 1808 offiziell verboten ist.

Die Jagd auf »free coloured people« und der Sklavenhandel entwickeln sich zunehmend zum lukrativsten Geschäft in Amerika.

Auch in Louisiana gelangt der Rassismus zu neuer Blüte.

Bei den Treffen der Plantagenbesitzer und Bürger nach dem Kirchgang in Natchez wird die »Hexenfarm«, wie die »Hemkenfarm« jetzt meist genannt wird, zum beliebten Hetz-Thema.

Erleichtert wird dies dadurch, dass Bernhard und Mary selten in der Stadt und nie in der Kirche zu sehen sind.

Und dass der Erfolg und steigende Reichtum von Hemken unerklärlich scheinen.

»Die Frau, diese Mary, habt ihr deren starren Blick gesehen. Das ist eine Hexe, sag ich!«

»Ja, die senkt nicht den Blick, wenn sie einem aufrechten weißen Mann begegnet!«

»Sie kommt alleine mit der Kutsche in die Stadt.«

»Und sogar ins Bett hat sie ihn gekriegt! Das muss Hexerei von dieser schwarzen Hure sein, denn der Hemken sieht gut aus, gegen so eine Partie hätte manch anständige Tochter nichts gehabt!«

»Die entstanden Wechselbälger lässt er sogar registrieren und taufen!«

»Bei der Börse handelt er mit seinem schnellen Maul die besten Preise aus ...«

»Seine Nigger kriegen Geld, hört man. Bald wollen sie das alle!«

»Sogar lesen und schreiben soll die Hexe einigen Kindern beibringen ...«

So oder so ähnlich schaukeln sich die Farmer hoch und irgendwann fliegen die ersten Fackeln durch die Fenster des Farmhauses.

XVI

1832 ist es normal, dass Wachen vor dem Haus patrouillieren und die unteren Fenster zugenagelt sind. Es häufen sich Berichte von entführten Menschen, die bisher als »free coloured« recht frei lebten.

Niemand macht sich die Mühe, nach ihnen zu suchen, und so landen sie auf Plantagen in Alabama oder Georgia.

Die Stimmung im Haus ist angespannt.

Aber Bernhard empfindet auch Freude und Dankbarkeit.

In Lawrence Dunmore findet er einen Vertrauten und Freund, die Beziehung mit Mary ist einfach wunderbar, und er liebt seine Kinder. Vor allem die jüngste, Catharina, fasziniert ihn.

Sind die Älteren eher »normale« Kinder, die laut balgen, sich streiten und unwillig die Unterrichtsstunden bei Mary absolvieren, ist die fünfjährige meist alleine unterwegs oder sucht die Nähe zu Bernhard.

Catharina scheint in sich zu ruhen, oft streift sie beobachtend alleine durch die Wiesen und Wälder. Und sie ist extrem lernbegierig. Neben Französisch spricht sie schnell auch Deutsch, in dem Bernhard sich immer wieder mit ihr unterhält. Sie will die Namen der kleinen Tiere, die sie findet und zeichnet, wissen (hier muss Bernhard oft passen) und lernt spielerisch und nebenbei lesen, schreiben und rechnen. Manchmal sitzt sie stundenlang neben Bernhard, wenn er seine Berechnungen anstellt, und löst Aufgaben, die er ihr zwischendurch aufschreibt.

Hinzu kommt, dass sie sehr hübsch ist und mit ihrem ernsten Blick ihrer Mutter sehr ähnelt.

Dann kommt der 13. Juni 1832.

Bernhard sitzt noch spät abends mit Mary, Dunmore und zwei weiteren Arbeitern am großen Tisch in der Eingangshalle. Sie besprechen die zu erwartende Ertragshöhe der kommenden Zuckerrohrernte, beraten, ob und wie viele zusätzliche Erntehelfer benötigt werden. Dazwischen werden immer wieder lustige Anekdoten aus dem Alltag erzählt, Wein getrunken und laut gelacht.

Man fühlt sich sicher, steht doch eine Wache vor dem Haus.

Auf einmal hören sie lautes Gebrüll vieler Männer, es fallen Schüsse. Gleich darauf wird die Eingangstür mit Gewalt aufgestoßen und eine Horde von acht bis zehn Männern stürmt bewaffnet herein.

Sie tragen halbzerfetzte Kleidung, große Hüte und verteilen sich blitzschnell im Raum. »Es ist nicht zu fassen, da sitzt ein weißer Herr und säuft mit seinen Niggern!«

Ehe Bernhard die Situation bewusst ist, halten ihn zwei Männer fest, und eine scharfe Klinge drückt an seinen Hals. Bernhard ist ein Mann der Zahlen und Ideen, aber zart gebaut und kein Kämpfer. Die Zeit beim Militär ist lange her, und auch dort waren seine Bereiche eher die Strategieplanung und Organisation, nicht der Kampf. So ist er völlig wehrlos. Als er aufblickt, sieht er, dass Dunmore von gleich drei Männern gehalten wird, während die Arbeiter gerade an ihren Stühlen festgebunden werden.

Mitten im Raum halten zwei Männer Mary fest. Sie reißen ihr die Bluse herunter, und einer brüllt: »Da sind ja die Teufelsbrüste der schwarzen Hure, die einen wehrlosen Mann verführen, stimmt's, Hemken?«

»Lasst sie los, sie ist frei und meine Frau!«

»Kann gar nicht sein, weil sie eine Niggerschlampe ist! Wenn du nicht hinsiehst, liegt sie unter jedem anderen, der das will, stimmt's, Hure?«

Mary steht immer noch mit erhobenem Kopf da und heftet ihren Blick starr auf den Redner.

»Nur eine Hexe schaut einen Mann so an«, ereifert der sich, und blitzschnell hat er eine riesige Peitsche in der Hand, wie sie Aufseher auf den Feldern mit sich führen.

»Bald ist Schluss mit ›free coloured‹, ihr seid Sklaven und das werdet ihr schnell begreifen!« Mit diesen Worten lässt er die Peitsche über Marys nackte Brüste knallen. Ihr Schrei hallt im Schrei der festgehaltenen Männer wider.

Und immer noch einmal schlägt der Anführer zu, zuletzt reißt ein Schlag ihre Wange auf. Dann lassen die Männer Mary los, und sie fällt blutüberströmt zu Boden.

»Das war nur eine Warnung. Wir kommen wieder und wieder und werden viel Geld mit deinen ›free coloured‹-Schweinen machen. Aber zuerst kommt die Hure dran, die Farmer mögen so unsittliche Verbindungen in dieser Gegend nicht, und sie haben ja auch hübsche Töchter!«

Lachend winkt er zum Aufbruch, so schnell wie er begann, ist der Spuk vorbei, und man hört das Pferdegetrappel eilig wegreitender Männer.

Bernhard stürzt auf die am Boden liegende Mary zu, Dunmore befreit die Arbeiter. Dann rennt er hinaus, um nach Joe zu schauen, der Wache hatte.

Er baumelt mit einem Schussloch in der Brust an einem großen Ast. Seine Waffe ist weg, stattdessen hängt ein Schild um seinen Hals.

»Nigger sollen keine Waffen tragen!«

XVII

»**I**ch kann Mary nicht mehr beschützen, ich habe solche Angst, Dunmore!« Bernhard kann die Tränen nicht zurückhalten.

Mary ist von Ella und Nasu, die alles hinter der Tür mitbekommen haben, mit Whisky betäubt und verbunden worden.

Da sie sich weigert, alleine ins Schlafzimmer zu gehen, liegt sie jetzt erschöpft im Halbschlaf auf dem Sofa in der Ecke der Halle.

Die Arbeiter sind zu ihren Familien geeilt und Dunmore und Bernhard sitzen mit einer großen Whiskyflasche und gut gefüllten Gläsern am Tisch.

»Sir, was wollt Ihr machen?« Die Hilflosigkeit im Raum ist mit Händen zu greifen.

»Noch zählt das Papier, das ich euch ausgestellt habe, noch seid ihr frei. Aber sobald ihr verschleppt seid, ist jede beliebige Besitzerurkunde eines Farmers irgendwo in Amerika mehr wert!«

Er nimmt, genau wie Dunmore, einen großen Schluck.

Aber der Alkohol betäubt ihn nicht so, wie er es wünscht.

Seine Gedanken rasen.

»Dunmore, du musst Mary heiraten.«

»Was?« Dunmore verschluckt sich, Mary hebt geschwächt den Kopf.

»Ich sehe nur eine Möglichkeit, Mary und die Kinder zu retten. So schnell wie möglich fahren wir zu den Mormonen, die euch offiziell verheiraten müssen, denn ihr seid noch beide frei. Mit dieser Urkunde nehmt ihr die Kinder und die Kutsche und fahrt, soweit ihr kommt nach Norden. Dort können schwarze Menschen noch frei leben, habe ich gelesen. Ich gebe euch genügend Geld, damit ihr dort ein neues Leben beginnen könnt. Aber schreibt mir nicht, wo ihr seid, solange dieser Teufelsspuk nicht beendet ist. Sie würden die Post abfangen und euch finden, und auch im Norden werden inzwischen hin und wieder Menschen entführt.«

Mary schleppt sich weinend zu ihnen, Dunmore hat den Kopf auf den Tisch gelegt. Noch die ganze Nacht diskutieren die drei, suchen nach anderen Lösungen, aber sie finden keine.

Schon zwei Tage später heiraten Mary und Dunmore, und in derselben Nacht brechen sie mit der Kutsche, den Kindern, etwas Gepäck und Geld auf nach Norden.

Nur Catharina, darum hatte Bernhard gebeten, bleibt bei ihm.

TEIL 2

CATHARINA

I

Da ist sie wieder – diese Leere. Diese Milchglaswand um ihn herum, die er in New Orleans zum ersten Mal kennengelernt hatte.

Bernhard weiß, er hat das Richtige getan, aber jetzt scheint ihn der schmerzhafte Verlust von Mary und den Kindern von innen heraus aufzufressen. Und der einzige gute Freund, den er je hatte und mit dem er über alles reden konnte, Lawrence Dunmore, auch er ist weg.

Was will er noch in dieser Wildnis, wo ihn außerhalb der Plantage alle hassen? Er kann nicht mehr essen, die Whiskyflasche wird zunehmend sein treuer Begleiter ... Vielleicht zurück nach New Orleans? Aber was wird mit den ihm anvertrauten Menschen? Schickt er sie dann nicht zurück in die von ihm so gehasste Sklaverei?

»Der Herr kann nicht weiter im Selbstmitleid versinken. Denkt an Catharina!« Wütend hat sich Nasu vor ihm aufgebaut. Energisch wischt sie Whiskyflecken und Tabak vom großen Holztisch und stellt eine Schüssel Suppe vor ihn.

»Catharina, wo ist sie eigentlich?«

»Sie versteckt sich. Denkt Ihr, nur Euch geht es schlecht? Catharina leidet wie ein krankes Tier. Ihr schickt Mutter und Geschwister weg und jetzt kümmert Ihr Euch nicht um sie. Das soll Liebe sein? Ihr liebt nur Euch!« Wütend stampft sie hinaus und knallt die Tür zur Küche zu. Unheimliche Stille umgibt ihn.

»Du kannst nicht fühlen! Du siehst nur dich und deine Welt. Du kannst nicht lieben!«, hört er die Stimme der Voodoo-Priesterin aus New Orleans.

Bernhard springt auf und rennt in die Küche.

»Wo ist Catharina?«

»Sie ist bei den Arbeitern. Sie und wir versuchen, Catharina am Leben zu erhalten!«

»Wie lange schon?«

»Zwei Wochen!«

II

Bernhard öffnet vorsichtig die Tür der kleinen Hütte, die die Arbeiter ihm gezeigt haben. Catharina ist nicht da. Weiche Tierfelle liegen auf dem Boden, an einer Seite befindet sich eine Matratze mit vielen Patchwork-Kisseń. Die Holzwände rundum sind mit Papieren bestückt, auf denen kindliche Zeichnungen von Tieren und Pflanzen zu erkennen sind. Am Boden liegen ein paar Bücher mit bunten Bildern und kurzen Texten. Aus einem zusammengezimmerten Käfig betrachtet ihn neugierig eine große Echse.

Dann öffnet sich die Tür und Catharina kommt herein. Das Haar ist wild zerzaust, Gesicht und Kleidung schmutzig. Sehr klein und dünn steht sie vor ihm und blickt ihn mit Marys ernsten Augen an.

Catharina konnte die Stille im großen Haus nicht mehr ertragen. Ihre Mutter war weg, die Geschwister ebenso und ihr geliebter Vater? Meist lag er im Bett und schlief oder er brabbelte betrunken vor sich hin. Sie schien er nicht mehr zu sehen.

Nur noch die Tiere gaben Trost. Und so schlich sie sich mit ihrem Hund Pim in die Wälder und auf die Wiesen am See. Hier traf sie auf Sam, der angelte und sofort ihren Schmerz bemerkte. Er nahm sie mit zu den Hütten und es wurde beratschlagt, wie man dem verstörten Mädchen helfen könne. Eine kleine Hütte wurde für sie hergerichtet, denn allen war schnell klar, dass dieses besondere Mädchen einen Bereich für sich alleine brauchte. Nasu besorgte Papier und Stifte ...

Aber jederzeit konnte Catharina zu den Arbeitern kommen, hier gab es nicht nur Essen, sondern auch viele Geschichten, die erzählt wurden. Grausame, traurige Geschichten von Trennung und Verlusten, die diese Menschen zu Genüge erlebt hatten. Aber auch Geschichten von Liebe und Vertrauen. Und sie sangen diese wunderbaren, meist traurigen, aber manchmal auch lustigen Lieder, die von Generation zu Generation vererbt wurden und die verschleppten und unterdrückten Menschen am Leben erhielten.

Catharina saugte all dies in sich auf, lernte die Texte (und somit eine neue Sprache, denn die Lieder waren meist englisch) und sang begeistert mit. Nasu, die einst Lehrerin war, zeigte ihr, wie sie durch Pressen die gesammelten bunten Blüten haltbar machen konnte und las ihr vor dem Einschlafen vor.

All das half, konnte aber die Traurigkeit über den Verlust von Eltern und Geschwistern nicht auslöschen.

Nun steht sie an der Tür ihrer Hütte und sieht den vermissten Vater auf ihrer Matratze sitzen.

»Catharina, verzeih mir! Bitte! Alles wird gut!« Bernhard kann die Tränen nicht mehr zurückhalten, bald weint er hemmungslos. Die Wand, die ihn umgab, stürzt endlich ein.

Langsam kommt Catharina auf ihn zu, auch ihr rollen jetzt Tränen übers Gesicht.

Lange, unendlich lange sitzen sie eng umschlungen auf der Matratze. Irgendwann kommt die Frau eines Arbeiters herein, zündet schweigend Kerzen an und stellt einen Teller mit Brot und Ziegenkäse sowie eine Schüssel Wasser auf den Boden.

Leise, wie sie hereinkam, verschwindet sie wieder.

Und irgendwann fangen Bernhard und Catharina an, zu reden. Über Mary, über Dunmore, über das Traurigsein und die Einsamkeit. Und irgendwann können sie essen und sich schöne, lustige Erinnerungen an die verlorenen Menschen ins Gedächtnis rufen.

Catharina versteht trotz allem Schmerz, dass ihre Mutter gehen musste, um nicht noch einmal verletzt zu werden. Und sie findet es gut, dass der starke Dunmore sie und die Geschwister beschützt.

Sie zieht wieder ins Herrenhaus. Bernhard, Nasu und einige Arbeiterinnen gestalten ihr ein wunderschönes Zimmer, und die Echse und der Hund dürfen bei ihr wohnen.

Der Whisky wird verbannt.

Jetzt ist Catharina wieder froh, dass sie bei ihrem Vater bleiben durfte, und sie weicht ihm kaum von der Seite.

Hin und wieder spielt sie mit den Kindern der Arbeiter, aber die werden ihr schnell langweilig.

Da verbringt sie doch lieber mehr Zeit mit der Katze, deren neugeborenen Jungen und ihrem Hund. Stundenlang schweift sie mit ihm nach wie vor alleine über die Felder und durch den Wald. Von ihren Ausflügen bringt sie kleine Tiere mit, die sie abzeichnet und dann wieder freilässt. Bernhard bringt Catharina von jedem Besuch in der Stadt Bücher und Papier mit. Mit nach Natchez mag er sie aber nicht nehmen, keiner soll wissen, dass eins von Marys Kindern bei ihm geblieben ist.

III

An einem Sommerabend im Juni 1833 sitzt Catharina mit einer kleinen Katze auf der Veranda, neben ihr liest Bernhard im Schaukelstuhl.

Immer wieder schaut er zu seiner geliebten, nun sechsjährigen Tochter herunter. »Du weißt, dass man Katzen nicht dressieren kann?«

»Es ist nur noch nicht richtig versucht worden!«, kommt es trotzig zurück.

Die Dämmerung senkt sich herab und Bernhard beugt sich immer mehr zum Licht der in einer Laterne steckenden Kerze.

Auf einmal springt der Hund auf und bellt. Dann hören sie laute Schreie.

Marel, eine der Frauen aus den Arbeiterhütten, kommt mit ihrer kleinen Tochter angerannt. »Sie haben Samuel und die beiden Jungen mitgenommen! Sie waren auf einmal da, viele, mit Fackeln und Gewehren ... das ging so schnell ... Louisa wollten sie auch, aber ich hab sie festgehalten und laut gebrüllt ... dann kamen die anderen ... und die feigen Kerle sind mit ihren Pferden abgehauen.«

Weinend bricht sie zusammen.

Jetzt kommen auch die anderen Arbeiter mit ihren Frauen und Kindern angerannt. »Wir konnten nichts machen ... – seht Vincent – sie haben ihn angeschossen, als er einschreiten wollte ...« Ein etwas älterer Arbeiter kommt mühsam angehumpelt.

»Es geht wieder los – diesmal holen sie uns alle!«

Die Aufsichten werden verstärkt, Waffen besorgt, die Hütten und das Haus verriegelt. Alle haben Angst.

Catharina darf jetzt keine Streifzüge mehr in die Umgebung unternehmen. Verzweifelt geht sie in ihrem Zimmer auf und ab.

Eingesperrt, wie schrecklich! Gerade erst hatte sie eine Echse mit ungewöhnlicher Färbung entdeckt ... sie zeichnet aus dem Gedächtnis, zerreißt das Blatt.

Eines Tages ist Catharina trotz aller Vorsichtsmaßnahmen weg!

Sofort wird der Ernteeinsatz abgebrochen, alle machen sich auf die Suche und endlich, es dämmert schon, wird sie in einem Waldstück mit verstauchtem Fuß gefunden. Eine der Katzen war verschwunden und sie wollte sie suchen.

IV

Im September 1833 erreicht Bernhard eine Depesche: Der alte Ludeling ist tot.

Und eines Morgens im Oktober hält eine prächtige Kutsche vor dem Haus. Heraus steigt Nina Ludeling. Sie ist nun 36, gereift, aber immer noch unglaublich schön.

Der in der Tür stehende Bernhard dagegen erscheint Nina um mehr als die vergangenen 10 Jahre gealtert, in denen sie sich nicht sahen. Tiefe Furchen haben sich in sein wettergegerbtes Gesicht gegraben, das Lächeln erreicht seine Augen nicht.

»Bernhard, erkennst du mich noch?«

»Klar, aber was willst du hier in der Wildnis?«

»Zu dir will ich! Aus den Briefen, die du uns geschickt hast, weiß ich, dass es dir nicht immer so gut ging ...« Neugierig kommt Catharina hinzu. »Wer ist das?«, entfährt es Nina.

»Meine Tochter!«, kommt die stolze Antwort.

»Sie ist schwarz!« Ninas Augen sind jetzt kugelrund und fragend.

»Komm herein, schön, dass du da bist.«

Lange erzählt Bernhard bei einem Kaffee nach dem anderen, was er alles erlebt hat, seit sie sich das letzte Mal gesehen haben. Nicht alles stand in den Briefen.

Dann berichtet Nina.

Der Vater hat seinen Besitz zu gleichen Teilen ihr und Bernhard vererbt. Seine Hoffnung, dass Bernhard zurückkäme, das Geschäft übernähme und Nina heirate, war nie erloschen. Nina, die das Geschäft nicht interessierte, verkaufte ihren Anteil. Ihre Sehnsucht nach Bernhard allerdings war nie vergangen!

Viele bemühten sich um die schöne Frau, aber sie fand keinen, der ihr ihren Traummann Bernhard aus dem Kopf bringen konnte. »Stell dir vor, ich war zwei Jahre mit dem rothaarigen James zusammen, aber als er mir einen Antrag gemacht hat, habe ich Panik bekommen!«

Nach dem Tod des Vaters beschloss sie, Bernhard zu suchen und ihm persönlich seinen Erbanteil zu überbringen. Und in der Hoffnung, doch noch sein Herz zu erreichen. Aus Angst vor Ablehnung hatte sie ihr Kommen nicht angekündigt.

Nun brechen wieder ruhigere Zeiten an.

Bernhard genießt die Nähe dieser warmen, intelligenten Frau, auch wenn sie seine große Liebe Mary nie ersetzen wird.

Catharina bleibt auf Distanz. Es fällt ihr schwer, den Vater zu teilen.

Die fremde Frau ist nett und bemüht sich um Gespräche mit ihr, aber sie versteht so wenig. Sie versteht nicht, dass schöne Kleidung Catharina egal ist, sie versteht nicht, dass das Kind, sobald es (in Begleitung) rauskommt, in ihren Augen »eklige« Tiere einsammelt und zeichnet ...

Schon bald zieht Nina zu Bernhard ins Schlafzimmer und übernimmt den Unterricht von Catharina und den Kindern auf der Plantage.

Catharina bekommt kaum besondere Aufgaben und langweilt sich, oft bleibt sie dem Unterricht fern.

Eine Kutsche ist nun ja auch wieder da, und mit dem Geld, das Nina mitbringt, werden zusätzlich weiße Tagelöhner angestellt.

Da es auf der Hemken-Farm keine Aufseher gibt, sollen sie unter anderem die Rolle als Beschützer der schwarzen Arbeiter übernehmen. Manch einer verwechselt da so Einiges und wird sofort von Bernhard entlassen.

Bernhard und Nina besuchen nun des Öfteren am Sonntag die Kirche.

Bernhard gibt deutlich zu verstehen, dass Nina seine neue Frau ist, und die ehemals lauten Stimmen flüstern jetzt nur noch:

»Habt ihr die neue Hemkenfrau gesehen? Sieht ja toll aus.«

»Ist bestimmt eine gekaufte Hure aus New Orleans, er steht ja auf Huren. Und er hat sie ja auch nicht geheiratet!«

»So sieht sie aber nicht aus. Und er hat wenigstens die schwarze Hure mit den Wechselbälgern weggejagt.«

»Ja, zu Gott gefunden hat er jetzt wohl auch!«

Im August 1834 wird das erste Kind von Nina und Bernhard geboren: Marie Henriette Hemkin, der Nachname Bernhards hat nun eine amerikanische Form angenommen.

Catharina zieht sich immer mehr zurück. Die wenigen Spaziergänge mit Nasu oder Bernhard ersetzen nicht ihre Streifzüge, im Haus ist jetzt das neue Kind der Mittelpunkt.

Bernhard sieht Catharinas Veränderung, er leidet mit dem Kind, aber er hat nach wie vor Angst, ihr ihre geliebten Freiheiten zu gewähren.

Immer wieder sitzen Nina und Bernhard bis in die Nacht zusammen und diskutieren, wie sie Catharina helfen und sie schützen können. Bernhard ist zunehmend verzweifelt.

»Wir werden die Menschenjäger nicht aufhalten können. Und ich will dieses Leben in Angst nicht mehr! Wir müssen die Plantage aufgeben und nach Monroe ziehen. Ich werde versuchen, gute Plätze für die Arbeiter zu finden. Sie sind dann zwar nicht mehr frei, werden aber hoffentlich gut behandelt.«

»Das alles braucht Zeit, was wird mit Catharina? Du kannst sie nicht weiter einsperren, sie ist zwar recht vernünftig, aber trotzdem ein Kind. Und ich komme einfach nicht richtig an sie heran ...«, wendet Nina ein. »Was ist, wenn sie älter ist, wenn sie einen Mann sucht ...«

»Viel schlimmer finde ich, dass sie bei ihrer Intelligenz hier keine Förderung und keinen Beruf bekommen kann. Ich fahre hin und wieder auf geheimen Wegen mit ihr an den Mississippi, und sogar in New Orleans waren wir neulich und sie hat die Eindrücke aufgesaugt wie ein nasser Schwamm. Aber hier kann ich sie noch nicht mal nach Natchez mitnehmen! Ich wollte sie hier behalten und nun sperre ich sie ein ... ich hasse mich dafür.«

Und so entsteht der Plan, Catharina nach Deutschland zu bringen.

»Mein Bruder lebt inzwischen mit einer Familie in Oldenburg, habe ich aus den Briefen meiner Mutter erfahren. Er ist kein schlechter Kerl und wird mir helfen. Aber ich darf ihn nicht vorwarnen. Ich muss das Wagnis eingehen, ihn zu überrumpeln! Und wenn alles sich beruhigt hat, wenn wir in Monroe oder weiter im Norden wohnen, kann ich Catharina wiederholen – hoffe ich.«

Zum zweiten Mal muss sich Bernhard von einem Menschen, der ihm das Liebste ist, trennen, um ihn zu retten. Obwohl der Schmerz fast unerträglich ist, weiß er auch diesmal, dass er das einzig Richtige tut.

V

An einem Montag, Ende Oktober 1834, steigen Bernhard und Catharina in New Orleans auf ein Schiff nach Bremerhaven. Catharina ist sieben Jahre alt.

Immer noch sind es Segelschiffe, die den Atlantik queren, die neuen Dampfschiffe fahren vorerst nur auf Flüssen.

Aber es gibt jetzt Passagierschiffe, die nur wenig Ladung transportieren, und die beiden gastieren in der Ersten Klasse in recht eleganten Unterkünften. Das kann Bernhard sich nun leisten, und er hat das Gefühl, es Catharina schuldig zu sein.

Ihre Kabine verfügt über einen weichen Teppichboden voller Ornamente, zwei richtige, weiche Betten, einen verschnörkelten Kleiderschrank, und sogar einen Waschtisch mit einer großen Waschschüssel aus Porzellan gibt es.

Oben befindet sich ein überdachtes Promenadendeck mit Holzsesseln, die man bei ruhiger See benutzen kann, und der Speisesaal hat Holzwände und Decken, die mit wunderbaren Schnitzereien verziert und farbig bemalt sind. Auf den Tischen liegen weiße Tischdecken, und die Stühle haben rote Samtpolster.

Catharina ist begeistert und blüht unter den vielen neuen Eindrücken förmlich auf. Und sie darf sich endlich wieder alleine frei bewegen!

Immer wieder schleicht sie erkundend durch das Schiff und beginnt, Zeichnungen von den schönen Ornamenten anzufertigen.

Dass die Menschen, die ihr begegnen, sie oftmals entsetzt mustern, stört sie nicht weiter. Sie kennt solche Blicke. Bernhard hat ihr extra zwei prunkvolle Kleider schneidern lassen, so dass keiner den Verdacht haben kann, sie sei ein entlaufenes Sklavenmädchen. Und überhaupt bleibt Catharina nie lange weg, denn sie muss sich ja um die Katze kümmern, die sie in einer Hutschachtel versteckt an Bord gebracht haben und die nun heimlich in ihrer Kabine wohnt.

Bernhard hat in seinem Gepäck die beiden Gemälde von ihm und Mary B.

Das manchmal süffisante Grinsen einiger Kellner ärgert Bernhard sehr. Vermutet er dahinter doch die Annahme, der reiche Herr habe sich eine junge schwarze »Gespielin« gekauft.

Ansonsten verläuft die Reise bei ruhigem Wetter zunächst recht angenehm. Das Essen an Bord ist gut, und Catharina löchert Bernhard mit Fragen über die vielen Vögel, Wale, Delfine und springenden Fische, die sie sehen.

In der Kabine wird ihre Fähigkeit, deutsch zu sprechen verbessert, und sie lernt, diese Sprache auch zu schreiben.

Das Schiff muss auf der Rücktour die etwas längere Nordroute nehmen, das schreiben Wind und Strömungen vor. Und auf Höhe der Azoren wird es durch die dort fast ständig vorhandenen hohen Wellen unruhig auf dem Schiff. Für Catharina ist es ein Abenteuer, schräg wankend durch die Gänge zu laufen.

Nach fünf Wochen auf See erreichen sie den nun fast fertiggestellten Hafen von Bremerhaven, der neuen Stadt, die Bremen am Meer baut.

VI

Am Kai drängen sich die Menschenmassen.
Viel mehr Arbeitswillige und Abenteurer
aller Schichten wollen inzwischen nach Amerika
auswandern.

Bernhard und Catharina erzwingen sich mit
ihrem vielen Gepäck einen Weg durch die Men-
ge und sind erleichtert, als sie endlich eine freie
Droschke finden.

Aus den Briefen, die er hin und wieder mit der
Mutter austauschte, kennt Bernhard die Adres-
se von Enno, der inzwischen geheiratet hat und
nach Oldenburg gezogen ist.

Die Mutter und ihr Mann wohnen weiter
in Bockhorn und leben von der Pension des
Hauptmanns und Untervermietungen im großen Haus.

Zu dem mürrischen Stiefvater wollte Bernhard Catharina nie bringen, und so fahren sie
nach Oldenburg zum Bruder, der von seinem
Glück noch nichts weiß.

Es ist fast Mitternacht, als ihre Droschke vor Ennos Haus in Oldenburg anhält.

Im schwachen Licht der Öllaterne ist nur eine große, hölzerne Flügeltür zu erkennen.

Bernhard atmet tief durch, ist er doch nicht im Guten vom Bruder weggegangen und hat sich auch nie wieder bei ihm gemeldet.

Dann betätigt er entschlossen den eisernen Klopfring, der aus einen geschnitzten Löwenmaul heraushängt.

Nichts rührt sich im Haus. Noch einmal klopft Bernhard und dann ungeduldig immer wieder.

»Ist ja gut!«, tönt es von Innen, Schritte nähern sich der Tür, und sie schwingt auf.

Ein verschlafener Mann, Mitte vierzig, im Morgenmantel schaut sie verdutzt an. Er tritt näher. »Berend?« »Bernhard, bitte!« grinst Bernhard und Sekunden später liegen sich die Brüder in den Armen.

»13 Jahre! Einfach abgehauen, du Mistkerl! Und wer ist das?« Ennos Blick wandert zu Catharina.

»Meine Tochter, Catharina«, kommt die stolze Antwort.

»Aber – sie ist schwarz?!«

»Ja, es gibt viel zu erzählen!«

Enno tritt zur Seite. »Kommt herein.«

VII

Und es wird viel erzählt in den nächsten Tagen. Enno, seine Frau Mathilde und die Zwil-
lingssöhne Melchior (benannt nach dem verstorbenen Großvater) und Balthasar, die Melcho und
Balthi genannt werden, lauschen gespannt den
so unvorstellbaren Geschichten. Die elfjährigen
Zwillinge betrachten zwischendurch immer
wieder heimlich und misstrauisch das dunkelhäutige Mädchen, wegen dem sie sich jetzt ein
Zimmer teilen müssen. Aber als sie erfahren, was
seiner Mutter passiert ist, wandelt sich ihr Misstrauen in Mitleid mit diesem Kind mit der ach so
merkwürdigen Haut.

Außerdem finden sie es toll, dass Catharina
eine Katze mitgebracht hat, waren Tiere doch
bisher im Hause nicht erlaubt.

Mathilde ist eine herzensgute Frau und sofort
damit einverstanden, dass sie das arme Mädchen
aufnehmen. Der Rest der Familie sieht das eher
skeptisch. »Warum bleibst du nicht hier? Arbeit

wirst du wohl finden«, meint Enno. Doch Bernhard schüttelt den Kopf.

»Ich habe in Louisiana nicht nur eine Farm und Arbeiter, für die ich verantwortlich bin, sondern auch eine Frau und ein Kind. Und meine Frau ist wieder schwanger. Spätestens zur Niederkunft will ich zurücksein.«

Catharina ist aufgesprungen. Erst jetzt wird ihr so richtig klar, dass sie alleine hier in diesem furchtbar kalten Land bleiben soll. Sie rennt hinaus und Bernhard folgt ihr.

»Dieses Kind ist quasi Waise und Teil deiner Familie. Nach allem, was dein Bruder erzählt hat, wird sie in Amerika früher oder später entführt und als Sklavin verkauft – oder umgebracht. Das kannst du nicht zulassen, Enno!« Mathilde ist aufgesprungen. Die sonst so ruhige Frau ereifert sich regelrecht.

Bernhard kehrt mit seiner verweinten Tochter zurück. »Catharina wird sich gut benehmen, und ich bleibe noch, bis sie sich eingewöhnt hat. Sobald die Zustände in Louisiana andere sind oder ich vielleicht doch noch irgendwo anders hin gehe, hole ich sie. Sie ist mir das Liebste und auch ihr werdet sie lieben lernen.«

»Dir war es einst egal, was aus uns wird, als du gegangen bist – bei Nacht und Nebel. Nicht mehr halten konnten wir das Geschäft!«

»Ich weiß, ich war nicht fair. Aber lange hätte unser Handel eh nicht mehr existieren können, und Stiefvater und ich hätten einander irgendwann umgebracht ... Deshalb gehe ich auch nicht nach Bockhorn. Ich komme zu dir und sage: Bitte!« Mit diesen Worten wirft Bernhard einen purpurnen Beutel auf den Tisch. Als der Bruder ihn öffnet, rollen etliche goldene Taler heraus.

Enno mag nicht zugeben, wie dringend er dieses Geld gebrauchen kann, bringen seine Geschäfte als Krämer doch nicht allzu viel ein, und so sagt er nur: »Du bist mein Bruder und so will ich dir helfen!«

Es kommt die Vorweihnachtszeit und damit der erste Schnee in Catharinas Leben. Dieses Weiß, diese Ruhe, diese vielen Kerzen überall!

Goldene und rote Kugeln werden aufgehängt. Ein Baum, eine riesige Tanne, wird ins Haus geholt und bunt geschmückt. Und dann, am Heiligen Abend, nach der Andacht in der wunderschönen Kirche, erstrahlt der Baum mit brennenden Kerzen!

Ja, auch in Louisiana haben sie am 24. Dezember Weihnachten gefeiert. Keiner musste arbeiten, es gab Kuchen für die Arbeiter, besonderes Futter für die Tiere und ein großes, leckeres Essen für alle wurde gekocht.

Aber das hier ist unfassbar für Catharina. Süße Zuckerstangen, Schokolade! Und dann bekommt sie als Geschenk ein Buch – ein dickes Buch mit farbigen Abbildungen vieler Tiere. Und mit den Namen dieser Tiere und Erklärungen zu ihrem Leben!

Dass sie sich wohl nicht viel aus Puppen macht, hatte Bernhard erklärt. Aber dass dieses Kind, das erstaunlicherweise schon lesen und schreiben kann, beim Anblick des Buches in Freudentränen ausbricht und den ganzen Abend nur noch über den Bildern und Texten brütet, erstaunt die Oldenburger doch sehr.

VIII

Viel zu schnell kommt Bernhards Abschied. Noch bevor der Schnee richtig geschmolzen ist, macht er sich auf die Heimreise nach New Orleans. Aber er geht nicht ohne das Versprechen, dass er und Catharina sich regelmäßig schreiben und für immer in Verbindung bleiben werden.

Zuvor hat er warme Kleidung, viele Stifte und Papiere für Catharina eingekauft, um die Familie seines Bruders möglichst wenig zu belasten. Und er hat etliche Spaziergänge mit seiner Tochter unternommen. Zum einen, um ihr Oldenburg zu zeigen, zum anderen, um die Oldenburger mit dem ungewöhnlichen Anblick eines dunkelhäutigen Kindes vertraut zu machen. Immer wieder sucht er das Gespräch mit den Menschen auf der Straße, um zu erklären, dass Catharina kein »wildes Dschungelkind aus Afrika« ist, dass sie Deutsch und Französisch sprechen und sogar lesen und schreiben kann.

Die Menschen hier erscheinen Catharina zuerst sehr kühl und distanziert. Aber bei etlichen ändert sich der Gesichtsausdruck nach wenigen Worten, und die mürrische Miene macht einem herzlichen Lächeln Platz. Allerdings gibt es auch Menschen, die sie hasserfüllt beobachten.

Viele sprechen auch ein Deutsch, das sie nicht versteht. Da sie aber aus dem mit Menschen bunter Herkunft gemixten Louisiana weiß, was Dialekte sind, lernt Catharina schnell, höflich um eine Erklärung der nicht verstandenen Worte zu bitten.

Auf ihren Spaziergängen bestaunt sie die hohen Steinhäuser mit bis zu drei Stockwerken. Es gibt so gut wie nie Balkone, was sie nicht wundert, ist es hier doch, seit sie ankam, entsetzlich kalt!

Sie gehen zum Schloss, welches ihr riesig erscheint und wandeln durch den schönen Schlosspark. Catharina sieht gepflasterte Straßen, manche sind breit, manche sehr eng. Sie begegnen Fuhrwerken mit Männern, die schicke Anzüge und hohe Hüte tragen. Sie sehen Frauen mit eleganten Kleidern, aber auch Männer mit abgetragenen grauen Jacken und müden Gesichtern unter ihren Kappen. »Das sind die Menschen, die die schweren Arbeiten hier verrichten, Sklaven gibt es nicht. Aber auch sie bekommen viel zu wenig Lohn und es geht ihnen nicht so gut.«

»Das ist doch gemein, dass die, die am härtesten arbeiten, am wenigsten haben!«, schimpft Catharina. »Gibt es hier auch einen Hafen? So wie in New Orleans?«

»Ja«, schmunzelt Bernhard, »aber etwas anders als in New Orleans sieht es da schon aus. Der Hafen heißt ›Stau‹.«

»Komischer Name, lass uns hingehen!«

Als sie den Hafen erreichen, ist Catharina etwas enttäuscht.

»Oh, der ist aber klein!«, ruft sie laut. »Und die Schiffe auch. Und der Fluss – das ist doch bestimmt nur ein Nebenfluss, oder ... ?«

»Was weißt denn du über kleine und große Schiffe, wo kommst du überhaupt her?«, ereifert sich ein Mann neben ihr und mustert Catharina verächtlich.

»Ich komme von einem großen Fluss, dem Mississippi!«, ist die stolze Antwort.

»Machst du dich über mich lustig? So einen Fluss gibt es nicht.«

»Doch, und er ist einer der größten der Welt!«

Jetzt mischt sich Bernhard ein. »Catharina hat Recht! Die Welt hat mehr zu bieten als nur den ›Stau‹!« Mit diesen Worten packt er seine Tochter am Ärmel und geht schnell mit ihr weg, damit der ärgerliche Mann ihr breites Grinsen nicht sehen kann.

»Der Fluss ist die Hunte und er ist tatsächlich ein Nebenfluss der größeren Weser. Die großen Schiffe fahren bis Brake an der Weser, da laden sie auf kleine Schiffe um, denn der Fluss nach Oldenburg, die Hunte, ist wirklich sehr klein«, erklärt Bernhard.

Sie sind schnell gelaufen und befinden sich nun in einer engen Gasse mit vielen Lokalen und vielen umherlaufenden Menschen. Bernhard fällt auf einmal auf, dass Catharina seit Längerem still ist, ungewöhnlich für das neugierige, immer fragende und beobachtende Mädchen. Er blickt hinunter und sieht, dass Tränen über ihr Gesicht laufen. Bernhard bleibt stehen und hockt sich vor Catharina. Auf Augenhöhe sieht er sie an.

»Was ist?«

»Ich will nach Hause, ich will bei dir bleiben!« Jetzt weint Catharina richtig.

»Menschen, die eine Verbindung wie wir haben, kann nichts trennen, Catharina. Keine Entfernung und nicht einmal der Tod. Ich werde immer bei dir sein und du immer bei mir! Wenn du mich brauchst, mach die Augen zu und ich werde da sein – in deinem Kopf, in deiner Seele! So ist es mit Mary, deiner Mutter, und mir auch. Es gibt Bänder zwischen bestimmten Menschen, die kann keiner je durchtrennen!«

Die Passanten müssen einen Bogen um den Mann mit dem komischen Hut und dem braungebrannten Gesicht machen, der vor diesem dunkelhäutigen Mädchen hockt, das ihn sehr ernst und traurig ansieht.

Manche fühlen sich gestört durch das Hindernis in der engen Gasse und schütteln ärgerlich den Kopf. Andere aber verstehen, dass auch ein Kind schwerwiegende Probleme haben kann, die hier und jetzt besprochen werden müssen ...

Auch die Mutter in Bockhorn wird besucht. Sie freut sich über das unerwartete Wiedersehen mit ihrem jüngsten Sohn und ihr ungewöhnliches Enkelkind, und sie ist gerührt, dass das Mädchen ihren Namen trägt. Der Hauptmann verlässt nur kopfschüttelnd den Raum.

Die Großmutter Catharina Bollenhagen wird ihre Enkelin noch einige Male in Oldenburg besuchen, ihren Sohn allerdings wird sie nie wiedersehen.

Dann ist all dies vorbei, und Catharina bleibt wieder einmal völlig alleine zurück. Erneut wird sie still und zurückgezogen, zeichnet stundenlang oder liest in ihrem Tierbuch.

Enno bemüht sich, im Gegensatz zu seiner Frau, nicht, das merkwürdige Mädchen zu erreichen.

Mathilde ist meist hilflos, dieses Kind ist so gar nicht das Mädchen, welches sie sich gewünscht hat. Es ist meist ernst und in sich gekehrt, Kleidung und Aussehen interessieren Catharina wenig.

Einzig die Zwillinge finden Catharina interessant, weiß sie doch spannende Geschichten zu erzählen und tolle fremde Lieder zu singen.

IX

»Ich will auch zur Schule!«
Es ist Frühling, Catharina ist acht Jahre alt,
sitzt im Garten und zeichnet Osterglocken, während Mathilde den Vormittag, an dem die Jungen
in der Schule sind, nutzt, um draußen in der Sonne die Kartoffeln für das Mittagessen zu schälen.

»Catharina, ich unterrichte dich doch jeden
Tag. Bald brauche ich auch das nicht mehr, denn
du weißt jetzt schon fast mehr als ich. Mädchen
brauchen nicht unbedingt in die Schule. Ich werde demnächst beginnen, dir Kochen und Nähen
beizubringen. Irgendwann findest du dann«, hoffentlich, denkt sie heimlich, »einen lieben Mann,
der dich versorgt und den du umsorgen kannst.«

»Ich will keinen Mann, ich will Neues erlernen!«

»Catharina, sei vernünftig. Du hättest es in der
Schule schwer, so wie du aussiehst.«

»Ich kann doch in die Klasse von Melcho und
Balthi gehen. Viele Jungen aus dieser Klasse kennen mich ja schon, weil sie zu uns zum Spielen
kommen.«

Mathilde verdreht die Augen »Mädchen und Jungen gehören nicht in eine Klasse, das ist unanständig.«

»Warum? Die Jungen sind nett zu mir, wenn sie hier sind. Und die Zwillinge sind praktisch meine Brüder, die können mich beschützen ...«

»Sie sind vier Jahre älter als du, du kannst nicht in ihre Klasse!«

»Weißt du, wie oft ich ihnen bei den Aufgaben helfen muss? Das ginge dann auch praktischer!«

Mathilde seufzt und geht hinein. Dieses Mädchen!

Nicht nur ihr Aussehen, auch diese aufmüpfige Art werden es ihr schwer machen, einen Mann zu finden!

X

Auf Catharinas Drängen hin wird ein Brief an Bernhard geschrieben, und in der Antwort bittet er dringend darum, seine Tochter, sofern es möglich ist, in eine Schule zu schicken. Er werde auch für die entstehenden Kosten aufkommen.

Nach Ostern und vielen Gesprächen mit den Lehrern und dem Schuldirektor kommt Catharina tatsächlich in die Klasse von Melcho und Balthi. Dass sie alleine an einem Tisch sitzt, stört sie nicht im Geringsten. Auch beschützen ihre »Brüder« sie heldenhaft gegen Anfeindungen jeglicher Art. Aber das Tuscheln, Kichern und die Blicke der Schüler, die sie nicht kennen, nervt.

Der Lehrer, Herr Meyer, ist ein Anhänger Wilhelm von Humboldts, der statt »Rechnen-Lesen-Drill« eine allgemeine Bildung und die Förderung individueller Begabungen fordert. Er beobachtet interessiert dieses ruhige, ernste Mädchen, das so intelligent für sein Alter ist.

Und er sieht die verächtlichen Blicke einiger Schüler.

So spricht er eines Tages nach dem Unterricht mit Catharina.

»Wie fühlst du dich in der Klasse?«

»Es ist gut.«

»Aber manche Schüler mögen dich nicht so ...«

»Ich will was lernen, ich beachte sie nicht weiter. Sie gucken ja nur, weil ich anders aussehe. Und weil ich ein Mädchen bin, halten sie mich wahrscheinlich für dumm.«

»Ich habe gesehen, dass du toll zeichnen kannst, und du weißt viel über Tiere. Was hältst du davon, wenn du ab jetzt jede Woche einmal etwas an die Tafel zeichnest und aus deiner Vergangenheit und von den Tieren in Amerika erzählst? Ich glaube, dann sehen dich einige mit anderen Augen!«

So kommt es, dass das »schwarze Käthchen«, wie manche Catharina nennen, einige Tage später einen Alligator an die Tafel zeichnet und beginnt – erst stockend, dann vom Lehrer ermutigt –, immer munterer über dieses Tier zu berichten. Die erstaunten Schüler erfahren, dass Catharina diesem Monster persönlich begegnet ist und der starke Dunmore sogar einmal versucht hat, eine Ziege aus den Fängen eines Krokodils zu befreien.

In regelmäßigen Abständen berichtet Catharina jetzt von den Erlebnissen und Erfahrungen ihrer frühen Kindheit in der so anderen Welt. Und sie berichtet über Eigenheiten und Verhalten unbekannter Tiere, wie zum Beispiel des Pelikans.

Stück für Stück wandelt sich Misstrauen in Anerkennung, bei manchen sogar in Bewunderung.

Als Catharina 15 Jahre alt ist, ist die Schulzeit für sie leider beendet. Aufgrund ihrer auffälligen Schönheit hat sie viele junge Verehrer, aber sie zeigt kein Interesse.

Ihre langen schwarzen Haare trägt sie jetzt oft hochgesteckt mit bunten Tüchern. Manchmal hat sie auch eine Blume im Haar, und bald nennt man das Mädchen, das oft in Ennos Krämerladen hilft, die »Schwarze Rose von Oldenburg«.

Oft sitzt sie auch in der neuen Kunsthalle, bewundert die Gemälde und zeichnet einige von ihnen ab. So gerne würde sie Lehrerin für Zeichnen und Naturkunde werden, aber Enno und Mathilde winken nur ab. Ein Studium kommt nun wirklich nicht in Frage.

Und so bleibt ihr nur die Hoffnung, eines Tages zumindest in ihr geliebtes, warmes Louisiana und zu ihrem Vater zurückzukehren.

Aus den Briefen, die Bernhard ihr regelmäßig schreibt, erfährt sie, dass er inzwischen vier Kinder mit Nina hat, sein Land in Natchez verkauft und mit seiner Frau und den Kindern 1840 in die Bezirkshauptstadt Monroe umgesiedelt ist. Bernhard ist schwer krank, und 1842 heiratet er seine Nina, damit sie und die Kinder nach seinem Tod, den er in nicht weiter Zukunft erahnt, versorgt sind.

XI

1845 ist Catharina 18 Jahre alt. Nach wie vor läuft sie gerne, wenn sie nicht im Laden arbeitet, alleine durch die Natur oder sitzt in der Kunsthalle.

Ein bedeutender Mäzen dieser Kunsthalle ist der 34-jährige Franz August Julius Schultze, genannt Julius. Der Pfarrerssohn aus Kirchgellersen gilt als genial, hat er doch schon in jungen Jahren den Wert neuer technischer Entwicklungen und das Potenzial der zunehmend besitzlosen Arbeitskräfte erkannt. Als Fabrikant betreibt er erfolgreich Eisen- und Glashütten, zunächst in Varel, bald auch in Augustfehn und Oldenburg. Er ist damit eine der bedeutendsten Unternehmerpersönlichkeiten der Oldenburger Gründerzeit und entsprechend wohlhabend.

Um Auszeiten von seinem umtriebigen Leben zu haben, sucht auch er gerne die Ruhe in der Kunsthalle.

Und hier entdeckt er eines Tages Catharina, versunken in ein Bild, das eine bunte, idealisierte

Ansicht scheinbar lustiger Baumwollpflücke-rinnen zeigt.

Er, der sich in der gehobenen Gesellschaft Ol-denburgs jede erdenkliche Schönheit aussuchen und zur Frau nehmen kann, ist völlig hingerissen von der exotischen und geheimnisvollen Aus-strahlung Catharinas.

»Ist es erlaubt?« Catharina sieht auf und er-blickt einen gut aussehenden, blonden Mann mit Kinnbart und intelligenten blauen Augen. Stumm nickt sie und vertieft sich weiter in das Bild, als Julius sich neben sie setzt.

Nach längerem Schweigen fängt er an, über den Maler des Bildes und seine Bedeutung zu re-ferieren. Catharina hört zu und wirft dann ein, dass das Bild ihrer Meinung nach eine unzuläs-sige Verklärung der Realität in den Südstaaten Amerikas darstellt.

Julius ist begeistert von dem Selbstbewusst-sein und der Intelligenz der jungen Frau und es entspinnt sich eine lebhafte Diskussion.

So etwas hat Julius noch nie erlebt. Keine der ihm bekannten Damen wäre zu solchen Gesprächen in der Lage oder Willens.

Sobald es seine Zeit zulässt, schleicht er nun in die Kunsthalle, in der Hoffnung, Catharina zu treffen. Und oft ist sie da.

Sklaverei, die politische Lage, Kunst ... es gibt kein Thema, über das sie sich nicht angeregt unterhalten können. Bald werden die Gespräche im Kaffeehaus fortgeführt, und die Oldenburger Gesellschaft hat ihr vorrangiges Klatschthema gefunden. Und manch nicht erhörter Verehrer wendet seine Zuneigung in Hass.

Da Catharina immer pünktlich zu ihren Verabredungen kommt, macht Julius sich sofort Sorgen, als dies einmal nicht der Fall ist.

Er macht sich auf den Weg zum Haus der Hemkens, der an einem Park entlang führt. Es ist Winter und deshalb jetzt um halb fünf schon dunkel, Laternen gibt es hier nur wenige.

Nach zehn Minuten hört der aufmerksam lauschende und immer wieder nach Catharina rufende Julius ein Stöhnen. Er geht schnell in die Richtung des Geräusches und findet Catharina am Boden liegend.

Drei junge Männer, flüstert sie mühsam, haben sie als Sklavin beschimpft und zusammengeschlagen. Julius läuft so schnell er kann zum nahen Hemkenhaus und zusammen mit den Söhnen schafft er es, Catharina ins Haus zu tragen. Hier werden ihre Verletzungen deutlich. Das Gesicht ist völlig angeschwollen, mindestens eine Rippe scheint gebrochen.

Julius ist verzweifelt. Er liebt diese Frau, will sie beschützen, will sie heiraten.

Aber Catharina ist zurückhaltend (was Julius nur noch mehr herausfordert). Zwar empfindet auch sie viel für diesen Mann, der im Aussehen und der ruhigen Art dem Vater ähnelt. Aber sie hat die Hoffnung, nach Louisiana zurückzukehren, noch nicht aufgegeben.

Das ändert sich vor Weihnachten 1846. Ein Telegramm erreicht sie, in dem ihr der Tod ihres geliebten Vaters in Monroe mitgeteilt wird.

Nur 47 Jahre ist er alt geworden. Von Mary und Dunmore hatte er nie wieder gehört!

Catharina stürzt in tiefe Depression, jetzt ist sie endgültig ganz alleine.

Julius tröstet sie so gut er kann, und im Sommer 1847 heiraten die beiden.

So eine Hochzeit hat Oldenburg noch nicht gesehen.

Die Menschen schwanken angesichts des Prunks zwischen Bewunderung und Neid. Da holt sich doch das »schwarze Käthchen« den begehrtesten Junggesellen der Stadt!

Ihr weißes Hochzeitskleid ist mit schwarzen Rosen bestickt.

XII

»Julius, ich will studieren!«
»Ja, meine Rose, aber erst einmal bist du schwanger und wir wollen doch unser erstes Kind nicht gefährden. Du brauchst Ruhe.«

Ja, Ruhe hat Catharina jetzt viel zu viel!

Der Haushalt wird gemacht, es gibt eine Köchin und einen Gärtner. Zwar besorgt Julius ihr Bücher, Stifte und Papier, sie hat einen eigenen Raum, in dem sie lesen und zeichnen kann. Er besorgt auch ein Klavier und einen Lehrer, damit sie ihre schönen Lieder begleiten kann. Schnell lernt sie, das Instrument zu beherrschen.

Aber wer hört sie singen, wer sieht ihre Zeichnungen? Aus Angst vor Überfällen wagt sie sich nicht alleine hinaus. Ihr Mann ist oft weg, Freundinnen hat sie nicht.

Im Juni 1848 wird ihr erster Sohn, Karl Friedrich August Schultze, genannt August, geboren.

Auch hier wird ihr viel Arbeit abgenommen, doch das Schmusen mit dem süßen Kind macht sie glücklich und erfüllt sie.

Julius ist weiterhin oft geschäftlich unterwegs. Dass er seine Frau aber sehr begehrt, wird darin deutlich, dass Catharina schon bald nach der ersten Geburt wieder schwanger ist. Und wieder wird die Frage eines Studiums vertagt!

So geht es weiter. Bald erfüllt vielfältiges Kinderlachen und Geschrei das große Haus. Insgesamt wird Catharina elf Mal niederkommen. Da sie nicht stillt (das übernehmen Ammen), fällt die natürliche Geburtenkontrolle durch nicht stattfindende Eisprünge während der Stillzeit weg und sie bekommt fast jedes Jahr ein Kind.

Immer gleichgültiger übergibt Catharina die Neugeborenen der Amme.

Eine besondere Beziehung aber bleibt ihr mit den erstgeborenen Söhnen August und Julius. Vor allem in den Augen Augusts erkennt sie die blitzende Intelligenz ihres Vaters und ihres Mannes. Und tatsächlich ist dieses Kind wissbegierig, wie sie es einst war. Schon bald kann sie mit ihm über all die Dinge, die sie interessieren, diskutieren. Noch vor Eintritt in die Schule kann August lesen, schreiben, einfache Rechenaufgaben lösen und Französisch sprechen.

Mit ihm (und manchmal auch mit Julius) singt sie die alten Lieder, immer wieder zeichnet sie die beiden Söhne. So versucht sich Catharina in den langen Stunden die Einsamkeit, das Heimweh nach Louisiana und die Schwermütigkeit zu vertreiben, die sie zunehmend umgeben.

Ihr Mann Julius, der die Traurigkeit seiner Frau bemerkt, versucht Catharina zu überreden, mit ihm auf Gesellschaften zu kommen.

Doch Catharina langweilt das oberflächliche Geschwätz der Frauen der Oldenburger Oberschicht und sie hasst es, wenn manche sie wie ein exotisches Tier betrachten.

An den interessanteren Gesprächen der Männer teilzunehmen, verbietet die Etikette.

Und so erlischt im goldenen Käfig mehr und mehr Catharinas Lebensenergie.

XIII

An einem Herbstabend 1871 liegt Catharina wieder in den Wehen.

Ihr Körper ist geschwächt und ausgemergelt von den vielen Geburten, August ist 23 und vom Studium in Hamburg nach Hause gekommen, um der geliebten Mutter beizustehen. Julius ist mal wieder geschäftlich unabkömmlich.

Geburten gehen inzwischen recht schnell bei Catharina, aber auf einmal hört August aufgeregte Rufe der beiden Hebammen im Nebenzimmer. Eine von ihnen kommt herausgerannt.

»Was ist los?«, fragt August. »Die Blutungen sind zu stark, wir können sie nicht stoppen. Ich hole einen Arzt!«, antwortet die atemlose Erna und hastet davon. August will zu seiner Mutter, doch die zweite Hebamme versperrt ihm den Eintritt.

»Kein Anblick für einen jungen Herrn!«

Erst weicht August zurück, aber dann hört er die schwachen Rufe seiner Mutter nach ihm.

Er stößt die Hebamme entschieden zur Seite und eilt zum Bett von Catharina.

Das viele Blut versucht er zu ignorieren, zieht sich einen Stuhl zum Kopfende und greift Catharinas Hand. Was er in ihren Augen sieht, macht ihm Angst.

Erschöpft hebt sich ihr Brustkorb in kurzen Atemzügen.

»August«, kommt ein schwaches Flüstern aus dem Mund der ehemals so starken Frau. »Ich wollte so viel ... eins musst du mir versprechen. Mache bitte in deinem Leben immer nur das, was du wirklich willst.«

Noch einmal sieht sie ihn intensiv an, dann schließt sie die Augen – für immer.

Catharina wurde 44 Jahre alt.

TEIL 3

AUGUST

I

Von den elf Nachkommen Catharinas und Julius sind neun Mädchen und zwei Jungen. Das Erbe ihrer Hautfarbe macht sich nur bei einigen der Mädchen bemerkbar.

Die beiden Jungs sind hellhäutig, dafür aber stark geprägt durch die Erzählungen Catharinas. Julius, der jüngere, geht nach Südafrika und gründet eine Farm bei Johannisburg. Auch er heiratet eine schwarze Frau.

August hat den Unternehmergeist seines Vaters und übernimmt die Glashütten schon 1872, weil es seinem Vater seit dem Tod von Catharina zunehmend schlechter geht. Der Vater versinkt in tiefe Schwermut und stirbt 1881.

Zusätzlich zur Herstellung verwertet August das entstandene Glas, indem er Flaschen produziert.

Der letzte Satz seiner geliebten Mutter wird für ihn zum Lebensmotto und er will die Welt sehen. Vor allem die Heimat seiner Mutter möchte er kennenlernen.

So sorgt August schnell dafür, in seinen Fabriken vertrauensvolle Geschäftsführer zu haben und reist nach Amerika.

Als Ingenieur, der er wie sein Vater ist, begeistern ihn die neuen Dampfschiffe, die jetzt auf dem Atlantik fahren.

Im Oktober 1873 fährt er mit einem der ersten »Schnelldampfer«, die den Atlantik ab Bremerhaven überqueren, nach New Orleans. Das Schiff ist die »Strassburg«, die im September 1872 beim »Norddeutschen Lloyd« vom Stapel lief.

Mit diesen neuen Dampfschiffen dauert die Fahrt nach New York nur zehn Tage, in New Orleans ist das Schiff nach zweieinhalb Wochen.

Und der Komfort an Deck ist in der Ersten Klasse noch beeindruckender als zu Catharinas Zeiten. Da immer mehr Schiffe vom Stapel laufen und die Konkurrenz groß ist, versuchen sich die verschiedenen Linien an Luxus gegenseitig zu übertreffen.

Und da im Oktober auch die gefürchteten Atlantikstürme vorbei sind und das Schiff keine Schräglage hat, genießt August, oft mit einem Glas Whisky auf dem Tischchen neben sich und in einem Liegestuhl an Deck liegend, bei wenig Wellengang, entspannt die ruhige Überfahrt.

II

Als er in New Orleans von Bord geht, versteht er sofort die Begeisterung seiner Mutter für das Flair der Südstaaten.

Die Stadt empfängt ihn noch pulsierender und bunter als damals Bernhard.

Da er keine Arbeit suchen muss, kann er alles entspannt genießen.

Im Hafen werden die immer noch vorrangig schwarzen Arbeiter nach dem verlorenen Bürgerkrieg und neuen Gesetzen nicht mehr ausgepeitscht. Noch ist die Sklaverei in den Südstaaten nicht völlig verschwunden, aber die Unterdrückung der schwarzen Menschen ist nicht mehr ganz so offensichtlich und brutal.

In der Stadt verfällt August der allgegenwärtigen Musik. Im Blues, entstanden aus den rhythmischen, meist traurigen Gesängen der schwarzen Arbeiter auf den Feldern, erkennt er die Musik seiner Mutter, und diese Klänge gehen ihm sofort unter die Haut.

Die kreolischen Schönheiten begeistern ihn. Nächtelang genießt er die Livemusik, den Rum und die zärtliche Zuwendung williger Frauen. Gerne würde er eine von ihnen mitnehmen, aber keine hat die ruhige und intelligente Ausstrahlung seiner Mutter.

Er reist mit einem der vielen Raddampfer den Mississippi hoch und besucht die Kleinstadt Natchez. Er läuft stundenlang durch märchenhafte Landschaften, spürt die Wärme auf der Haut und kann die immerwährende Sehnsucht seiner Mutter verstehen.

Wie furchtbar muss es für sie gewesen sein, vierundzwanzig Jahre in dem großen, prachtvollen Haus in Oldenburg, einem goldenen Käfig, meist alleine zu verbringen!

Aber auch er ist nicht frei, zu bleiben.

Und so fährt er nach vier wundervollen Wochen zurück nach Europa. Bevor er sich in Oldenburg wieder ins Arbeitsleben stürzt, will er auch von diesem Kontinent noch ein paar neue Eindrücke mitnehmen.

Und so landet er in Lissabon. Auch hier erlebt er eine in Norddeutschland völlig unbekannte Leichtigkeit des Seins.

Da es inzwischen Ende Januar ist, ist es hier zwar nicht mehr schön warm, ein kalter Wind vom Atlantik peitscht Wellen und Gesichter.

Aber in den Lokalen der bunten Häuser treffen sich die Menschen, singen und lachen. Und auch hier hört er wunderbare, melancholische Musikstücke und Lieder.

Stundenlang streift er durch die belebten Straßen, hört die lauten Gespräche der Menschen in einer ihm völlig fremden Sprache. Es begeistert ihn, dass die Stadt auf mehreren Hügeln erbaut ist und man, nachdem man viele Treppen hochgestiegen ist, immer wieder mit fantastischen Ausblicken belohnt wird.

Er geht in den umtriebigen großen Hafen und sieht Schiffe aus aller Welt. Auch hier, ähnlich wie in Louisiana, lachen die Menschen viel trotz harter Arbeit.

Warum nur sind die Menschen in der Heimat oft so grimmig und verbittert, selbst wenn es ihnen materiell meist besser geht als vielen Menschen hier?

Er geht auf die Märkte und kann nicht fassen, wie viele Früchte aus aller Welt hier zu kaufen sind. Und er überlegt, ob und wie man etwas von der Farbigkeit der Welt, die er kennengelernt hat, nach Hause bringen kann.

III

An einem Samstag im Januar 1874 sitzt August bei einem leckeren Fischeintopf und einem Glas Rotwein in einer Gaststätte in der Nähe des Hafens, als ihn ein Mann vom Nachbartisch anspricht.

»Man scheint deutsch zu sein, wie ich bei den Verständigungsproblemen beobachten konnte!«

Der Mann, der dies sagt, wirkt auf den ersten Blick nicht sonderlich sympathisch. Er scheint eher ein etwas heruntergekommener Seemann zu sein. Aber August freut sich, endlich mal wieder in seiner Sprache mit einem Menschen sprechen zu können und bittet den unbekannten Herrn an seinen Tisch.

»Hermann Burmester«, stellt der sich vor.

»Ihr solltet hier keinen Rotwein, sondern Portwein trinken!«

August probiert immer gerne Neues und so steht schnell eine Flasche Portwein mit zwei Gläsern auf dem Tisch.

Wie köstlich dieses süße Getränk ist! August wirbeln sofort Geschäftsideen durch den Kopf.

Die Damenwelt in seiner Heimat würde dieses Getränk lieben.

Nach zwei weiteren Gläsern verlassen diese Ideen vorerst wieder seinen Kopf, und er unterhält sich angeregt mit dem immer sympathischer wirkenden Mann.

Er erfährt, dass Hermann (nach drei Gläsern ist man beim »du«) einen deutschen Vater und eine portugiesische Mutter hat. Da kommen Parallelen zu Augusts Familienverhältnissen auf. Hermann lebt in Porto (das damals Oporto heißt) und betreibt dort einen kleinen Portweinverkauf.

»Regelmäßig komme ich nach Lissabon, die Seeleute schätzen meine Ware. Ich könnte viel mehr verkaufen, aber weißt du, wie schwer es ist, Flaschen zu bekommen? Und Fässer sind den Matrosen zu auffällig!« Er lacht und nimmt einen tiefen Schluck. »Zurück bekomme ich keine Flaschen, die schwimmen als Flaschenpost auf den Meeren ...«

»Hermann, weißt du, womit ich mein Geld mache?« August hat inzwischen etwas Mühe, deutlich zu sprechen. »Ich produziere Flaschen!« Ungläubig sieht ihn Hermann an.

»Machst du Scherze?«

»Nein, wirklich! Und ich überlege, wie man diesen leckeren Portwein nach Oldenburg bringen könnte. Das wäre ein Verkaufswunder – die Damenwelt schätzt süße Getränke!«

Und so kommt man ins Geschäft. Am nächsten Tag, mit etwas klarerem Kopf, vereinbaren der Flaschenproduzent August und der Weinhändler Hermann, einen gemeinsamen Handel aufzubauen. Hermann bekommt Flaschen aus Oldenburg, Oldenburg bekommt Portwein aus Porto.

Drei Tage später steigt August in Lissabon, mit vielen Ideen, Portweinflaschen und dem Gefühl, einen neuen Freund gefunden zu haben, auf ein Schiff nach Bremerhaven.

Vielleicht, so denkt er, kann er ein bisschen von der Leichtigkeit und Lebensfreude, die er auf seiner Reise erlebt hat, in das Leben einiger Menschen in Norddeutschland bringen und sie so von ihrem ewigen Gejammere über schlechtes Wetter und zu wenig Geld abbringen.

Ein Lokal mit gutem Rum, süßem Portwein und Bluesmusik, das wäre toll!

In Oldenburg wird er schnell merken, dass die Zeit dafür noch nicht reif ist ...

IV

1874 ist August 26 und der begehrteste Junggeselle in Oldenburg.

Einerseits ist er sehr wohlhabend, andererseits sieht er gut aus und hat eine erfrischend lebenslustige, spontane Wesensart.

Clara Marie Sophie Schaumburg, die Tochter eines Hotelbesitzers in Osnabrück, verzaubert August bei einem Besuch in diesem Hotel und 1875 wird geheiratet.

Clara hat goldblonde Haare, ein weiches, rundes Gesicht mit Sommersprossen und eine ruhige liebe Art.

So kann sie gut damit leben, dass der umtriebige August mehr unterwegs als zu Hause ist. Vier Söhne werden ihnen im Laufe der Jahre geboren. Dann ist Schluss, August will seiner Clara das Schicksal seiner Mutter ersparen.

So gehen die Jahre ins Land.

August kann gut delegieren und leidet deshalb nicht an Arbeitsüberlastung. Die Geschäfte laufen trotzdem (oder gerade deswegen) gut und er ist häufig auf Feiern und Gesellschaften zu sehen. Clara genügen die Kaffeegesellschaften in ihrem schönen großen Haus.

Zu Beginn des Jahres 1880 kommt ein Telegramm aus Oporto.

Zum wiederholten Male sind die Flaschen nicht oder nicht rechtzeitig eingetroffen. Der Portweinhandel bedient jetzt über Lissabon Abnehmer in Nord- und Südamerika und läuft eigentlich blendend.

Aber die Verzögerungen auf dem Landweg zwischen Oporto und Oldenburg und die zu entrichtenden Zölle erschweren den Vertrieb, der Umsatz sinkt.

August schreibt zurück, dass er im Moment unabkömmlich sei, sich aber freuen würde, wenn Hermann zu einem Gespräch über die Lage nach Oldenburg käme.

Hermann erwidert, dass das kein Problem für ihn sei.

Hat er doch Familienangehörige in Brake, die er lange nicht gesehen hat.

V

Und so kommt es im Oktober 1880 im Victoria Hotel in Brake zu einer schicksalhaften Begegnung der beiden Unternehmer.

Sie treffen sich in einem Separee des Hotels, und nach einem guten Essen packt Hermann Proben der neuen Portwein-Kreationen aus.

Die müssen natürlich durchprobiert werden, und so sind beide schnell in übermütiger »Erfinderstimmung«.

»Diese Schikanen auf dem Landweg, das dauert ja auch alles viel zu lange«, ärgert sich August.

»Klar, ich bin jetzt deshalb ja auch mit dem Schiff gekommen! Und diese Dampfschiffe werden immer schneller! Aber der Schiffstransport wäre viel zu teuer.«

»Und wenn wir ein eigenes Schiff hätten?« August ist mit glänzenden Augen aufgestanden.

»Wer soll uns das bauen? Auf den Werften wird im Moment Tag und Nacht gearbeitet! Die kommen doch gar nicht mehr hinterher!«

»Dann bauen wir eben selber eins!«

»Bist du verrückt? Wie sollen wir das bezahlen?«

»Meine Geschäfte laufen – bis auf den Portweinhandel – ausgezeichnet! Ich habe drei Glashütten. Davon kann ich doch zwei verkaufen! Und der Bau von Dampfschiffen fasziniert mich schon lange.«

»Und was sollen die Schiffe auf dem Rückweg transportieren?«

»Da wird uns schon was einfallen, es wird schon noch mehr als Portwein geben, das Portugal hat und wir nicht ... Kork zum Beispiel!«

Getreu seinem Lebensmotto, das die Mutter ihm mitgab, entsteht so die Idee, eine eigene Werft zu gründen, die **»Partenrhederei Oldenburg«**. Auf Hermanns Proteste hin wird der Name 1882 in **»Oldenburg-Portugiesische-Dampfschiffs-Rhederei AG« (OPDR)** geändert.

Ab 1883 werden außer Brake an der Weser und Porto auch Hamburg und Lissabon angelaufen. 1885 kommen Bilbao, Vigo und weitere Häfen Nordspaniens dazu. In diesem Jahr wird das Unternehmen Franz Haniel & Cie. Anteilseigner, die Schiffe transportieren hauptsächlich Ladung, nehmen aber auch Passagiere auf.

1888 besitzt die OPDR fünf eigene Dampfer, 1900 sind es 13 und 1927 werden es 33 Schiffe sein.*

Oft fährt August mit und lernt neue Orte und Menschen in Spanien und Portugal kennen.

Clara bleibt zu Hause, aber das stört sie wenig.

Die Familie lebt jetzt in einem wunderbaren großen Haus in Hamburg/Hochkamp. Zurückgesetzt hinter großen Bäumen, auf einer Anhöhe über der Elbe prangt es zweistöckig, mit Freitreppe und Säulen vor dem Eingang. Es gibt viele Bedienstete und es werden häufig Kaffeegesellschaften mit den reichen Frauen der Nachbarschaft veranstaltet. Ein Gläschen Portwein gönnen sich die Damen dabei auch gerne ...

August meidet dieses Leben und ist lieber ständig unterwegs. Und so bemerkt er erst spät, dass Clara immer schmaler und blasser wird.

Eine tückische Krankheit frisst sie von innen langsam auf.

---

* Die OPDR gehört seit 1996 bis 2014 der Schulte Group Hamburg und wird 2014 an die französische Linienreederei CMA CGM verkauft. Angefahren werden bis heute Häfen in England, Spanien, Holland und Nordafrika, die Reederei hat 250 Mitarbeiter in Europa und Nordafrika, wie man Wikipedia entnehmen kann.

VI

1914 stirbt Clara nach langer Krankheit und bekommt so den Ausbruch des Ersten Weltkriegs nicht mit.

Der deutsche Kaiser Wilhelm II und seine Berater sind der Meinung, bei der Verteilung der Kolonien zu kurz gekommen zu sein und legen sich zuerst mit Österreich-Ungarn, dann mit Russland und Frankreich an und verstricken so schließlich ganz Europa und große Teile der Welt in einen furchtbaren Krieg.

August ist nun 66, lebt alleine in der großen Villa im Luxusviertel und will mit dem Krieg nichts zu tun haben. Er möchte den Rest seines Lebens genießen und übergibt die Reederei seinen Söhnen, die im Laufe des Krieges einen Verlust von 27 Schiffen hinnehmen müssen.

Wieder eine dieser Gesellschaften.

Die wohlhabenden Hamburger Bürger entfliehen den Diskussionen über die Sinnhaftigkeit des Krieges. Schaumwein fließt in Strömen, neue Kleider werden vorgeführt und es wird Tango getanzt – die neue Mode aus Südamerika.

Wie August das steife Gestakse der Hamburger und das theatralische zur Seite reißen der Köpfe hasst.

Aber zu Hause in der riesigen Villa, die jetzt so still ist, drohte er in Trübsinn zu verfallen.

»Oh, der Herr Schultze, schön Sie wieder unter Menschen zu sehen!« Ausgerechnet die aufgetakelte Witwe Meyerdirks mit ihren blond gefärbten Haaren, die schon lange ein Auge auf ihn geworfen hat, spricht ihn an.

Er nippt genervt an seinem Schaumwein. Jetzt ein Whisky, das wär's.

»Ist dieser neue Tanz nicht wunderbar? Ich liebe diese Weltoffenheit. Und bald wird das Deutsche Reich ja auch eine ganz andere Rolle in dieser Welt spielen, nicht wahr? Aber Sie waren ja schon immer weltoffen, weit gereist ...«

Er hört dem Geplapper der Witwe kaum zu.

Auf einmal bricht die Musik ab, Augusts Blick wandert zum Klavier, wo jetzt eine junge Dame mit dem Pianisten diskutiert.

Der nickt und steht auf. Das unbekannte Fräulein setzt sich und fängt an zu spielen. Klar, wieder Tango, denkt er – aber dann – was ist das? Das ist Blues!

Er springt auf. Der Rest der Gesellschaft schaut irritiert zum Klavier, dann gehen die Tänzer kopfschüttelnd zu ihren Tischen.

»Was ist denn ...«

»Pst.« August signalisiert Frau Meyerdirks, zu schweigen und hört gespannt zu. Jetzt fängt die junge Dame auch noch an, mit wunderbarer Stimme einen englischen Text zu singen.

Als das Stück zu Ende ist, klatscht er laut in die Hände – als einziger. Die Pianistin steht auf, sieht zu ihm, verbeugt sich kurz und kommt auf ihn zu.

Sie ist schlank, hat recht dunkle Haut und dunkelbraune Haare. Und sie ist wunderschön.

»Ein Kenner!« Sie lächelt ihn mit dunklen Augen an.

»Ich kenne das Stück nicht, aber es ist Blues, und ich liebe Blues. Ich habe diese Musik in New Orleans kennengelernt und war von Anfang an begeistert!«

»Das Stück heißt ›The St. Louis Blues‹ und ist von W. C. Handy, einem Schwarzen aus Louisiana. Er hat Tangotakte vorangestellt, um die Tänzer auszutricksen und ich wollte ausprobieren, ob das funktioniert. Tut es offensichtlich!« Sie grinst schelmisch. »Sie reisen gerne?«

»Ja, Louisiana ... darf ich Sie zu einem Whisky einladen?«

»Gerne, ich heiße übrigens Elisabeth Kombst.«

»Sehr angenehm, August Schultze«, August deutet eine Verneigung an, ergreift den angebotenen Arm der jungen Dame und geht mit ihr zur Bar. Frau Meyerdirks verfolgt die beiden mit wütendem Blick.

So beginnt eine leidenschaftliche Verbindung zweier Menschen, die füreinander geschaffen scheinen. Sie haben so viele Gemeinsamkeiten, sie lieben das Leben, das Lachen, die Kunst, das Reisen, und sie sind unkonventionell. Und so stört es sie nicht, dass zwischen ihnen ein Altersunterschied von 40 Jahren liegt.

Und wieder folgt August dem von der Mutter vorgegebenen Motto und heiratet Elisabeth noch innerhalb des Trauerjahres. Die gehobene Gesellschaft Hamburgs ist empört!

Elisabeth ist die Tochter der berühmten Pianistin Agnes Zimmermann. Ihren relativ dunklen Teint verdankt sie jüdischen Vorfahren.

Die umtriebige Künstlerin Zimmermann, die auf den Bühnen in London und Berlin zu Hause ist, findet allerdings keine Zeit, sich um ihren (außerhalb einer Ehe gezeugten) Nachwuchs zu kümmern.

So wächst Elisabeth ohne viele Tabus bei ihrem Vater, dem Oberstleutnant a. D., Barnim Kombst, in Krefeld auf.

Die Mutter unterstützt den Vater ihres Kindes mit viel Geld, und sie besteht darauf, dass Elisabeth Klavierunterricht bekommt.

Das Mädchen ist begabt, aber auch sehr lebenslustig und heiratet früh den ebenfalls lebens- und abenteuerlustigen Hannes Corty. Die beiden unternehmen abenteuerliche Reisen durch Europa. Ihre liebsten Reiseziele sind Italien, die Schweiz und Österreich. Am liebsten klettern sie auf entlegenen Routen in den Alpen, und bei einer dieser gefährlichen Touren verunglückt Corty tödlich.

Die Witwe erholt sich recht schnell von dem Schock. Es mangelt ihr nicht an Geld, ihre Mutter unterstützt sie nach wie vor großzügig, und auch Corty war kein armer Mann.

So zieht es sie auf der Suche nach einem neuen Lebensglück in das für seine vielen Feiern bekannte Hamburg, wo sie auf der oben beschriebenen Gesellschaft August kennenlernt.

Die beiden haben nur noch Augen füreinander und versuchen, trotz Krieg, sich das Leben schön zu machen.

Und es gelingt, denn bezeichnend für diesen Ersten Weltkrieg ist, dass er vorrangig außerhalb der großen Städte stattfindet und die reichen Menschen es tatsächlich schaffen, relativ unbehelligt ihr Leben weiterzuführen.

Auf dem Feld und in den Schützengräben leiden und sterben andere für die Interessen eben dieser Oberschicht!

August und Elisabeth reisen, unbehelligt vom Krieg, in den Luxusabteilen der Züge und leben in teuren Hotels. Sie zeigt ihm ihre geliebten Alpen, und Bad Tölz wird für die beiden bald zum ausgesuchten »Kriegsfluchtpunkt«.

Den Anblick der verkrüppelten, ausgemergelten Soldaten, die an den Bahnhöfen stehen, scheinen sie ausblenden zu können.

Im Herbst des Jahres 1915 stellt Elisabeth fest, dass sie schwanger ist. Es ist für die aufgeklärte Frau das erste Mal, dass sie es zulässt.

»August, lass uns wegziehen von dem bösartigen Geschwätz der Hamburger Nachbarn. Lass uns weggehen aus diesem toten Haus. Ich will unser Kind in der Natur aufwachsen sehen. Ich möchte ein Haus, wo wir frei leben können, wie wir wollen!«, bittet Elisabeth.

Kein Problem für August.

Die Hamburger Villa wird verkauft und an der Ostsee, auf den Hügeln über Scharbeutz, wird das herrliche »Gut Kattenhöhlen« gekauft. Pferde, Rinder, Personal, Gewächshäuser mit den Früchten des Südens ... Elisabeth ist glücklich.

Freunde kommen zu Besuch, auch die Mutter aus London mit befreundeten Musikern ist hier oft zu sehen, man geht nicht mehr auf steife Gesellschaften in Hamburg – man feiert selbst!

VII

Am 17. April 1916 kommt Elisabeth nieder. Sie ist 29, August 69.

Lange ziehen sich die Wehen dieser Erstgeburt hin, ungeduldig wartet der Ehemann im Nebenzimmer.

Dann endlich, nach über zwölf Stunden, kommt die Hebamme Berta mit einem Bündel im Arm und besorgtem Gesicht durch die Tür.

August ist aufgesprungen. »Was ist? Ist das Kind krank? Geht es Elisabeth schlecht?« Erinnerungen an den Tod seiner Mutter drängen sich auf!

»Nein, es ist ein Junge, und er ist, wie die Mutter, wohlauf. Aber − er ist fast schwarz!«

Erleichtert lässt sich August in seinen Sessel fallen, lächelt und nimmt das Kind entgegen.

»Das ist gut! Das ist sogar sehr gut!«, sagt er zu der völlig erstaunten Hebamme. »Er ist wunderschön!«

Und sein Blick wandert zu dem Gemälde von Mary B. und dem Foto der »Schwarzen Rose von Oldenburg« an der Wand.

Er denkt noch einmal intensiv an seine Mutter und spürt, dass es Bindungen gibt, die auch der Tod nicht trennen kann.

Dann geht er hinüber zu Elisabeth, übergibt ihr das Kind und lässt die vorbereitete Platte auf dem Grammophon laufen:

»The St. Louis Blues«

NACHTRAG

Dieses Kind, das am 17. April 1916 geboren wird, ist mein Vater Barnim August Schultze, genannt Barnim (nach dem Vater von Elisabeth).

Seine Eltern bekommen noch einen gemeinsamen Sohn, Jürgen (bei dem das Erbe der dunklen Haut allerdings nicht durchkommt), doch dann stirbt August schon im Jahr 1920.

Ich möchte mir gerne vorstellen, dass sein letzter Gedanke war, dass er tatsächlich fast immer seinem Lebensmotto gefolgt ist und getan hat, was er wirklich wollte und so zufrieden sterben konnte!

Elisabeth und die Söhne übernehmen jedenfalls dieses Motto.

Die Mutter richtet viele Feste auf »Gut Kattenhöhlen« aus, davon zeugen Bilder in ihren Fotoalben. Man musiziert, trinkt viel, raucht und spielt Cricket, das neue Spiel aus England.

Dieses Leben fordert seinen Preis – Elisabeth stirbt früh, sie wird nur 46 Jahre alt.

Wie der Großvater und der Vater werden Barnim und sein Bruder Jürgen Ingenieure.

Nach dem Tod der Mutter wird das Anwesen »Gut Kattenhöhlen« 1937 verkauft. Ein Grund mag die Angst vor einer Enteignung durch das Hitler-Regime gewesen sein, gab es doch sowohl jüdische als auch dunkelhäutige Vorfahren.

Den Erlös (300.000 Reichsmark) teilen sich die Brüder. Barnim hat kein Problem, das Geld während seines Studiums in Frankfurt und Mittweida auszugeben!

Jürgen flieht Ende des Zweiten Weltkriegs nach Schweden, ist dort ein erfolgreicher Geschäftsmann und Unternehmer und wird nie mehr nach Deutschland zurückkehren.

Barnim tingelt, Erfolg suchend, durch Deutschland. Er liebt die Frauen, heiratet spät.

So werde ich 1953 in der Nähe des Bodensees geboren, meine Schulzeit erlebe ich in Frankfurt und Braunschweig, ehe ich in Kassel studiere (Biologie und Kunst!). Mein Vater macht einige recht bedeutende Erfindungen im Bereich der Fotografie, die seine Leidenschaft wird.

Das so verdiente Geld ist immer schnell wieder ausgegeben, und so hinterlässt er bei seinem Tod weder ein Haus noch Geld.

Der Zufall will es, dass ich nach vielen Bewerbungen in ganz Deutschland vom mir bisher unbekannten Bremen eine Zusage für den Dienst im Lehramt bekomme, und so erreiche ich 1977, zum ersten Mal in meinem Leben, den Norden unseres Landes.

Ohne von der Geschichte meiner Familie etwas zu wissen, arbeite ich als Lehrerin in Bremen und lebe bald in Vegesack, einem nördlichen Stadtteil.

Hier wohne ich bis heute in direkter Nähe der Weser und des ersten künstlich angelegten Hafen Bremens (und Deutschlands!) zusammen mit meinem Mann Joachim. Von Oldenburg und Brake trennen uns hier nur Fahrradentfernungen!

Auf Nachfragen meiner Töchter hin begann ich, nach meiner Pensionierung Informationen über die so unbekannte Vergangenheit meiner Familie zu suchen.

Ich kontaktierte den Sohn des inzwischen ebenfalls verstorbenen Bruders meines Vaters, meinen Cousin Bertil Schultze in Schweden.

Von ihm erfuhr ich, dass sein Vater Jürgen in seinen letzten Lebensjahren intensiv Material über die merkwürdige Geschichte unserer Familie gesammelt hatte. Er hatte Kontakt zu den Mormonen in Louisiana aufgenommen, die im 19. Jahrhundert tatsächlich alles akribisch notierten, was sich in ihrer Gemeinde zutrug.

Und Jürgen nahm Kontakt mit einem in den Südstaaten lebenden Freund auf, der für ihn vor Ort Nachforschungen anstellte. Leider konnte er vor seinem Tod die gefundenen Materialien nicht mehr zusammenfassen.

Bertil Schultze stellte mir diese gesammelten »Monroe-Papers« sowie andere Quellen zur Verfügung und versuchte monatelang mit mir zusammen, Licht ins Dunkel zu bringen.

Dafür danke ich ihm ganz herzlich!

Drei Jahre nach dieser »Forschungsarbeit« kam mir der Gedanke, einen Roman zu schreiben.

Ich danke meinem lieben Mann Joachim für die endlose Geduld und das »Rücken frei halten« in der Zeit, die ich »im Tunnel« verbrachte. Und ich danke ihm und meinen Freundinnen Birgit und Gabi für die hilfreichen Kritiken und Korrekturen.

Bremen Vegesack im Februar 2022
    Elisabeth (genannt Lisa) Schultze-Marg

Übrigens:

Als ich im Alter von 16 Jahren zum ersten Mal Bluesmusik hörte, zog sie mich sofort in ihren Bann, und so ist es geblieben.

Manchmal frage ich mich, was unsere Gene in der Lage sind, so alles weiterzugeben …

QUELLEN

Beiträge zur Geschichte der Familie Schultze-
Rhonhof, Teil I von 1970 und Teil II von 1973
Ahnenliste der Familie Schultze

»75 Jahre OPDR 1882/1957 Oldenburg-
Portugiesische Dampfschiffs-Rhederei«
Krusen, Heitmann & Cie. KG Hamburg

»Monroe-Papers«, von Jürgen Schultze den
Mormonen abgekaufte Aufzeichnungen

Nachforschungen von Fred M. Wright aus
Louisiana (ein Freund Jürgen Schultzes)

Fotoalben und Aufzeichnungen von Elisabeth
Schultze von 1910 bis 1934

Stammbuch der Familie Hemken

Artikel aus der Nordwest-Heimatzeitung
Oldenburg von 1999

Verkaufs und Inventurunterlagen von
»Gut Kattenhöhlen« von 1937

USA-Süden, Dirk Kruse-Etzbach

Oldenburg, Stadtgeschichte in Bildern und
Texten, Hgg. Udo Elerd, Lioba Meyer u. a.

... und natürlich eifrige Internetrecherche ...